meester wijnen

dirk

D0996875

marianne

Bart

mickey

snuffie

anneke

Die rotschool met die fijne klas

Jacques Vriens

Die rotschool met die fijne klas

Met tekeningen van Annet Schaap

Van Holkema & Warendorf

Vijfentwintigste druk 2008

ISBN 978 90 269 1109 5
© 1976 Uitgeverij Van Holkema & Warendorf,
Unieboek BV, Postbus 97, 3990 DB Houten

www.unieboek.nl
www.jacquesvriens.nl

Illustraties: Annet Schaap
Vormgeving omslag: Ton Ellemers
Opmaak: ZetSpiegel, Best

Hoofdstuk 1

Rob stootte Armando aan: 'Daar komt-ie!'

Armando draaide zich om, maakte van zijn handen een toeter en schreeuwde: 'Jan-Wim komt eraan!'

Op het veldje naast de school waren twee andere jongens aan het voetballen. De schreeuw van Armando miste zijn uitwerking niet; ze kwamen meteen aanstormen. De kleinste van de twee, Rolf, liep zo hard dat hij niet meer op tijd kon afremmen. Hij moest kiezen: of tegen het fietsenrek tot stilstand komen, of tegen Rob. Hij koos Rob!

De enige die daar nadeel van had, was Rolf zelf. Hij viel met een smak op de betonnen tegels van de speelplaats. Rob had namelijk van zijn ouders, behalve een daverende lach, ook nog een flinke speklaag meegekregen, en bleef kalm staan waar hij stond. Hij mompelde alleen zoiets als: 'Kijk uit waar je loopt!'

Armando raapte de bal op die Rolf had laten vallen: 'Schiet op, Jan-Wim komt!'

Rolf was opgestaan en begon zijn broek af te vegen. Nou ja, het is toch een ouwe, dacht hij en hij liep achter Rob, Armando en Dirk aan naar een lange blonde jongen, die een eind verderop tegen een muurtje leunde.

'We gaan hem pakken,' zei Rob. Hij wreef zich in zijn handen en probeerde zo stoer mogelijk te kijken.

Net een cowboy-film, dacht Armando. Je zag op de tv wel eens films, waarin een paar mannen zwijgend op een andere man toeliepen. Pistool klaar om te schieten.

Rolf dacht weer aan zijn broek.

5

Nou ja, het was een ouwe, een heel ouwe.

Dirk voelde zich niet zo stoer als Rob. Goed, het was waar, Jan-Wim had gisteren na school de bal van Rob het water ingetrapt. Hij had het expres gedaan. Ze waren met zijn vieren aan het voetballen. Jan-Wim wilde meedoen, maar Rob had gezegd dat een vijfde man niet ging. Daarna had Jan-Wim een tijdje vervelende opmerkingen staan maken. Vooral over Rob die weer als een snuivende stier achter de bal aan galoppeerde. Jan-Wim had gelijk, vond Dirk. Rob leek af en toe net een bulldozer die het veldje moest omploegen.

Dirk hield eigenlijk niet zo van voetballen, maar hij deed vaak mee omdat zijn beste vriend Rolf graag voetbalde. Dirk kéék er liever naar. Dat was minder vermoeiend, vond hij. Dirk keek vooral graag als Rob over het veld draafde. Die deed of er geen tegenstander was. En als ze er wel waren, dan gingen ze meestal opzij voor het snuivende geweld. Meestal ging het geweld van Rob nog gepaard met allerlei onverstaanbare kreten als: 'Broeh, piauw, raah!!' In het schoolelftal had Rob al een paar keer op zijn kop gehad, omdat hij te veel praatte op het veld. Hij was dan altijd erg verontwaardigd: 'Ik praat helemaal niet.' En dat was waar. Het was geen praten, het waren oerwoudgeluiden. Maar ondanks dat mocht Rob toch altijd weer meedoen in het schoolteam. Want hij was hartstikke goed. Een van de weinige jongens die van Rob een bal kon afpikken met lenige schijnbewegingen, was Jan-Wim. Misschien dat ze elkaar daarom niet mochten. Misschien dat daarom Jan-Wim gisteren niet mee mocht doen van Rob. Maar Jan-Wim had het niet op zich laten zitten. Nadat hij Rob een tijdje had gepest, was de bal voor zijn voeten gekomen. Hij had enorm uitgehaald met zijn voet.

Een prachtschot, over de straat heen het kanaal in. Weg bal. Ook weg Jan-Wim, want die zag Rob knalrood worden. Tomatig, zoals Dirk altijd zei. Jan-Wim verdween in het winkelcentrum achter de school. Rob brulde hem nog na: 'Kan je wel, rotzak! Ik krijg je wel! Morgen voor school!'

Om het allemaal nog erger te maken, kwam de moeder van Rob uit een van de winkels. Ze hoorde nog net wat hij riep en wenkte hem om te komen.

'Natte voeten,' mompelde Dirk, terwijl het snuivende geweld met hangende pootjes het veld verliet.

'Wat bedoel je met "natte voeten"?' vroeg Rolf, die wel vaker de vreemde uitdrukkingen van Dirk niet begreep.

Dirk zuchtte: 'Ken jij Robs vader?'

'Nee.'

'Nou, ik wel, daarom! Die zal wel woest zijn. Dat is net zo'n snuiverd als Rob.'

'Zou zijn moeder dat gehoord hebben van "rotzak"?'

Armando knikte: 'Vast wel.'

'Zou ze dat zelf dan nooit zeggen?'

'Vast wel, maar niet zo hard dat je het achter in het winkelcentrum nog hoort.'

Toen ze langs de flat kwamen waar Rob woonde, zagen ze dat de gordijnen van zijn kamertje gesloten waren. Armando wees moedeloos naar boven: 'Ze hebben hem in bed gestopt.' En ze hadden alle drie medelijden met Rob.

Vanochtend had Rob verteld wat er gebeurd was. Toen zijn vader thuiskwam, mocht hij nog net zijn brood opeten, maar toen moest hij naar bed. En dat was allemaal de schuld van Jan-Wim.

Nu liepen ze hier met zijn vieren om wraak te nemen op Jan-Wim. Dirk begon het steeds gekker te vinden. Rob die erg nors keek; Rolf die al lopende zijn broek liep af te kloppen, terwijl hij mompelde: 'Het is toch een oude'; Armando die liep te grijnzen; en hijzelf die niet wist hoe hij kijken moest. Hij noemde het 'kapsones', als hij vond dat iemand zich aanstelde. Nou, dit waren nog eens kapsones!

Vooral toen Mieke, een meisje uit hun klas, erbij kwam lopen en vroeg: 'Waarom doen jullie zo raar?'

'Ga weg,' gromde Rob. 'Dit is mannenwerk.'

Dirk kon zich niet meer goed houden en begon te gieren van het lachen. Met zware stem zei hij: 'Ga weg, dit is mannenwerk.'

Nu begonnen Armando en Rolf ook te schateren.

Maar Rob liep stug door. Alsof hij op het voetbalveld is, dacht Dirk. Vlak voor Jan-Wim, die nog steeds tegen het muurtje leunde, bleef hij staan. Jan-Wim kwam langzaam overeind en sloeg zijn armen over elkaar. Hij was zeker een kop groter dan Rob.

'Puh,' zei Rob, 'je denkt zeker dat ik bang voor je ben, kip op stelten.' Hij gaf met zijn schouder een flinke duw tegen Jan-Wim aan. Die wankelde en stond weer recht. 'Je moet van mijn bal afblijven, jongen,' snoof Rob.

Je kon zien dat Rob zich stond op te winden. Het avondje vroeg naar bed zat hem nog goed dwars.

Jan-Wim antwoordde rustig: 'Ik mocht niet meedoen.'

Dirk fluisterde tegen Armando en Rolf: 'Hij doet net of hij niet bang is. Volgens mij doet hij het in zijn broek. Als Rob er dadelijk op slaat, is hij nergens.'

Armando, die de kansen van de twee jongens al had staan afwegen, antwoordde: 'Ik denk dat ze even sterk zijn.'

Rob gaf opnieuw een duw tegen Jan-Wims schouder.

Jan-Wim deed niets maar fluisterde alleen zacht: 'Driftkikker.'

'Zeg dat nog eens. Durf dat nog eens te zeggen,' hijgde Rob.

Dirk stootte Rolf aan: 'Nou wordt hij tomatig.'

Het bleef een tijdje stil en toen herhaalde Jan-Wim: 'Drift-kikker.'

Keihard knalde de vuist van Rob in zijn maag.

Huilend gilde Jan-Wim nu: 'Vuile driftkikker.' Hij sprong naar voren en mepte Rob in zijn gezicht.

Toen werd er getrapt, geslagen en gestompt. Raken waar je raken kunt. Van alle kanten stroomden kinderen toe, die de twee jongens aanmoedigden. De meeste meisjes waren voor Jan-Wim. De jongens niet, die moedigden Rob aan.

Plotseling klonk er een snerpende gil. Jan-Wim had zijn scherpe nagels over het gezicht van Rob gehaald. Van zijn wang vielen dikke druppels bloed.

Mieke stootte haar vriendin Els aan: 'Laten we de meester gaan halen.'

Els aarzelde even, want ze vond het best spannend.

'Hij is er nog niet,' zei Marianne, die over hun schouders heen met grote ogen naar de twee jongens stond te kijken.

'Jawel, daar komt hij in zijn eend.' Mieke rende in de richting van de straatweg met Els en Marianne achter zich aan.

Daar kwam inderdaad een oude groene Citroën aanrijden. Piepend kwam de wagen tot stilstand.

'Meester, meester,' riep Mieke opgewonden, 'ze maken el-kaar af, kom gauw!'

Meester Jan Brinkman stapte uit, pakte zijn tas van de ach-terbank en knalde de deur van zijn auto dicht. Als hij in zijn volle lengte naast de auto stond, vroeg je je af hoe dat er allemaal in kon. Verder vroeg je je trouwens af, als je naar de auto keek, hoe dat allemaal nog rijden kon.

Meester Brinkman draaide aan de linker krul van zijn enor-me snor en vroeg bedaard: 'Wat zeg je, Mieke?'

Die kreeg geen kans om te antwoorden, want Marianne was

erbij gekomen en krijste: 'Rob bloedt!'

De meester draaide nu aan de rechter krul van zijn enorme snor.

Mieke greep de meester bij de mouw van zijn jas: 'Sta nou niet aan uw snor te frunniken. Jan-Wim en Rob zijn aan het vechten.'

'Ze trappen elkaar dood!' gilde Els.

Brinkman wist dat Els erg dramatisch kon gillen. Alsof de school instortte. Maar drie meisjes die deden alsof de school instortte, was wat te veel! Hij klemde zijn tas onder zijn arm en rende in de richting van de speelplaats.

Onder de toeschouwers hoorde je nu een zacht gemompel: 'De meester, de meester, daar is de meester.'

Rob en Jan-Wim waren net gaan staan. Zwaar ademend stonden ze tegenover elkaar. Ze zagen eruit alsof ze uit de oorlog kwamen. De blouse van Jan-Wim hing in flarden langs zijn lichaam. Langs het gezicht van Rob stroomde bloed. Jan-Wim wreef nu over zijn oog, dat langzaam dik begon te worden.

'Opzij,' klonk de zware stem van de meester. Aarzelend gingen de kinderen opzij. 'Gaat dat hier zo, heren?' De meester draaide aan beide punten van zijn snor.

Els siste: 'Hij wordt kwaad.' Als de meester zenuwachtig aan alle twee de punten van zijn snor begon te draaien, dreigde er onweer. Els had dat een keer opgemerkt, vlak voor een donderpreek, die de meester tegen de klas afstak. Sindsdien hield ze het daarop: aan twee punten draaien betekent onheil.

Nou, hij wérd kwaad. Maar anders dan anders. Geen bulderende stem dit keer, maar heel zacht en doordringend: 'Gaat dat zo? Overal op de wereld maken de mensen elkaar af in oorlogen en jullie doen het nog eens dunnetjes over!'

'Nou, dunnetjes...' mompelde Dirk.

'Maar hij...' en verder kwam Jan-Wim niet, want Brinkman commandeerde: 'Naar binnen en geen woord meer tegen elkaar.' En tegen de kinderen die eromheen stonden: 'Waar wachten jullie op? Op de tweede ronde? Die is afgelast!' Daarna liep hij met grote stappen achter Jan-Wim en Rob aan.

'Kom mee,' zei Els tegen Mieke, 'dat moeten we zien.'

Rolf, Dirk en Armando stonden zwijgend bij elkaar. Plotseling stak Dirk zijn vinger de lucht in en riep: 'Banzai!' Stomverbaasd keken de twee anderen Dirk aan: af en toe was hij getikt.

'Waar slaat dat nou weer op?' vroeg Rolf.

'O, weet ik niet, maar ik zag laatst op tv een bijeenkomst in China of zo. Daar stond een man te praten en op de gekste ogenblikken riepen de mensen in de zaal "Banzai". Daar dacht ik ineens aan.'

'Je bent toch wel echt gek,' zei Rolf. Armando knikte instemmend. Toen zagen ze dat Els en Mieke juist het trapje opgingen, de school in. Marianne holde erachteraan.

'Kom op, dat moeten wij óók zien.' Armando was al weg.

Even later liep er een kleine optocht door de gang. Voorop twee jongens, die eruitzagen alsof ze in een oorlogsfilm meespeelden. Daarachter een aan zijn snor draaiende meester en daar weer achter zes zwijgende kinderen. Halverwege de gang kwam de stoet tot stilstand. Daar stond meester Wijnen, de directeur.

'Zo, zo, hebben de heren van groep zeven weer eens gevochten. Nou, dan zullen we jullie ouders maar eens op school late...' Verder kwam hij niet want Brinkman onderbrak hem: 'Ik zal het verder wel met ze regelen.'

'O,' zei Wijnen en hij wierp een vernietigende blik op Brinkman. Toen boog hij zich voorover en fluisterde, nog net iets te hard: 'Kom trouwens wat vroeger. Dan was dit waarschijnlijk niet gebeurd.'

'Ik had pech met de auto,' fluisterde Brinkman terug en ook dit was goed te verstaan. De drie meisjes en de drie jongens die achter hem stonden, konden met moeite hun lachen houden. Die gekke ouwe eend van de meester, waar de deur al een keer uitgevallen was en die ze vaak hadden moeten aanduwen. 'Maar,' zei de meester dan altijd, alsof hij een gedicht stond voor te dragen, 'het ding kan zich nog steeds voortbewegen, vrienden, en daar gaat het om!'

Meester Wijnen vond het allemaal minder amusant: 'Dat oude wrak van jou,' mompelde hij.

Oud wrak, dacht Dirk, zelfs dat was nog een te mooie naam voor de groene eend van de meester. En waarom wist hij niet, maar toen hij de directeur daar langzaam tomatig zag worden, had hij zin om 'Banzai' te roepen. Hij had moeite zich in te houden.

Dat hoefde niet lang, want Wijnen had de zes kinderen opgemerkt. Het kwam door Armando: die kon nou eenmaal niet onhoorbaar lachen. De vinger van Wijnen priemde naar de buitendeur: 'Eruit jullie. Brutale apen!'

Ze wisten niet hoe vlug ze buiten moesten komen.

Wijnen verdween in zijn kamertje met de opmerking: 'Laat die twee vechtersbazen straks maar bij mij komen.'

Meester Brinkman nam hen mee naar de klas voor een wasbeurt aan het fonteintje.

Jan-Wim moest zijn gymshirt maar zolang aantrekken. Voor alle zekerheid haalde hij de verbanddoos bij de juf van groep drie.

Even later stonden Rob en Jan-Wim elkaar af te poetsen. Ze hadden nog steeds geen stom woord tegen elkaar gezegd. Maar ze dachten hetzelfde: straks naar het kamertje van Wijnen.

Buiten op het trapje voor de deur zaten zes kinderen.

'Wisten jullie dat onze meester wel eens op zijn kop krijgt van Wijnen?' vroeg Armando.

'Wist jij dat niet?' zei Els. 'Onze meester is pas vijfentwintig en Wijnen is al een ouwe sok; die vindt onze meester maar een rare.'

'Dat komt door zijn snor,' zei Rolf, die later ook zo'n snor wilde.

Dirk zei alleen maar: 'Banzai.'

Mieke gaf Rolf een duw: 'Ach, je bent gek met je snor. Onze meester doet andere dingen. In de klas van Wijnen zitten ze nog in rijen van twee. Bij ons staan de tafels in groepjes.'

Rolf stond op: 'Duw niet zo, rijen vond ik ook best leuk.'

'Ja, maar groepjes is gezelliger,' zei Els.

'Ja,' stemde Marianne in.

'Dan kunnen jullie makkelijker kletsen,' zei Dirk.

De meisjes keken Dirk aan.

Dirk kuchte en zei zacht: 'Banzai.'

Armando probeerde een lucifer aan te strijken op het stoepje: 'Misschien denken we maar dat Wijnen zo boos was op onze meester, omdat hij woest was op Jan-Wim en Rob.'

Het gesprek op de stoep werd afgebroken door de bel. De kinderen stroomden de school binnen. Toen Dirk, Armando en Rolf langs het kamertje van Wijnen kwamen, hoorden ze opgewonden stemmen. Armando wenkte de drie meisjes. De deur ging open en meester Brinkman kwam naar buiten. Hij draaide nerveus aan beide punten van zijn snor.

'Zie je wel,' fluisterde Els triomfantelijk.

Hoofdstuk 2

Het was negen uur geweest. De tweede bel was allang gegaan, maar Brinkman kwam niet opdagen in groep zeven. De kinderen stonden in groepjes te praten of liepen rond. Behalve Jan-Wim en Rob. Die zaten al op hun plaats. Ze zaten in dezelfde groep, schuin tegenover elkaar. Dat was weer zo'n uitvinding van meester Brinkman: kinderen die vaak ruzie met elkaar hadden, zette hij juist bij elkaar in de buurt.

Els had een keer gevraagd waar dat nou goed voor was. Of dat iets hielp, dat je bij iemand zat aan wie je een hekel had! Brinkman had geantwoord dat ze elkaar dan op den duur misschien wel aardiger zouden vinden.

Of dat nodig was, vroeg Els toen.

'Nou, als het even kan wel ja!' zei Brinkman.

Daarover had Els een tijd lopen nadenken, maar echt begrijpen deed ze het niet.

Jan-Wim en Rob deden net of ze in een boek zaten te lezen. Maar ze lazen geen letter. Ze luisterden naar wat de kinderen tegen elkaar zeiden. De kinderen die het gevecht hadden gezien, deden uitvoerig verslag aan de anderen. Vooral Els had het hoogste woord. Zoals zij het vertelde, leek het meer op een verslag van het wereldkampioenschap worstelen, dan op een vechtpartijtje van twee jongens.

Voorin de klas kropen twee kinderen over de grond. Anneke en Mickey. 'Snuffie, Snuffie!' riepen ze.

Achter hen stond Armando met de handen in zijn zakken: 'Zijn jullie je hamstertje alweer kwijt?' Hij grijnsde.

Anneke gooide verontwaardigd haar lange haar naar achteren en keek naar boven: 'Sta niet te lachen, joh, help liever zoeken!'

'Misschien zit hij weer in de prullenbak, net als laatst,' zei Armando.

'Zíj,' verbeterde Mickey vinnig.

'Jullie moeten dat hok van háár beter dichtdoen, dan loopt zíj niet weg,' en Armando begon te lachen.

De twee meisjes hoorden hem niet meer, want Mickey kroop richting prullenbak en Anneke lag al half onder de verwarming.

Armando liet zich op zijn knieën zakken en half gebogen vroeg hij: 'Zie je wat, Anneke?'

Hij hoorde een onduidelijk gemompel.

Nu plofte hij ook op zijn buik en stak zijn hoofd onder de platte ijzeren buizen. Je kon er nog een aardig eind onder komen; de verwarming was een flink stuk van de muur af geplaatst.

Toen hoorde Armando achter zich de stem van Rolf door het lokaal schetteren: 'Moet je Anneke en Armando zien!' Er barstte een oorverdovend gebrul los.

'Bong!' klonk het nu. Dat was het hoofd van Armando, dat iets te vroeg omhoogging. Hij vloekte. Met een verbeten trek om zijn mond krabbelde hij overeind. Anneke stond al. Ze zag vuurrood en durfde niet naar hem te kijken.

'Armando is op Anneke,' riep Els.

Anneke liep naar haar plaats, terwijl ze tegen Els snauwde: 'Ach, hoe kom je daarbij!'

Rolf riep tegen Dirk: 'Ze worden tomatig!'

Armando stond over zijn hoofd te wrijven: 'Ik, tomatig, helemaal niet, hoor!' Hij had makkelijk praten. Omdat zijn ouders uit Suriname kwamen, had hij een donkerbruine

16

huid. Dat was niet altijd prettig, maar nu wel. Je kon daarmee niet tomatig worden.

Verdorie, hoe kon hij zo stom zijn om onder die verwarming te kruipen. De meeste jongens vonden Anneke de knapste. Bij de meisjes ging het tussen hem en Jan-Wim. Jan-Wim omdat hij zo groot was en Armando omdat hij zo lenig was en meestal lachte.

Inmiddels was Els naar het bord gelopen en had er een groot hart op getekend met een pijl erdoor. Aan het ene uiteinde van de pijl schreef ze 'Anneke' en aan de andere kant 'Armando'. Weer een gebrul, alsof het wereldnieuws was.

Toen viel met een harde klap de deur dicht. Brinkman stond in de klas. Hij overzag de chaos: Armando die met Els aan het stoeien was om de bordenwisser; een spreekkoor van jongens onder aanvoering van Dirk en Rolf die stonden te roepen: 'Armando is op Anneke, Armando is op Anneke'; Anneke die met rode wangen in een boek zat te kijken; de rest die schreeuwde, lachte en onverstaanbare dingen riep; en tenslotte Mickey, die op haar tafel de hele prullenbak stond uit te laden alsof er niets aan de hand was.

'En nou iedereen op zijn plaats!' bulderde het door het lokaal.

Toen volgde er zoiets als een aardbeving: een hels kabaal van rennende kinderen, het schuiven van tafels en stoelen, tassen die omvergelopen werden en daarna de doodse stilte. Brinkman deed een paar stappen de klas in en bulderde: 'Kunnen de kleuters weer niet alleen blijven?'

Els zat met haar hoofd in de handen: ze stikte van het lachen. Ze kon er niet tegen als Brinkman zo kwaad werd.

Mieke gaf haar een por in haar zij en fluisterde: 'Hou op, klier!'

Toen zag Els dat Brinkman aandachtig het grote hart op

het bord stond te bestuderen. 'Zo, zo,' mompelde hij en hij keek de klas in.

Armando zat weer te grijnzen, Anneke staarde in haar boek en toen hij Els aankeek, draaide die toevallig haar hoofd de andere kant op. Daarna wees hij naar het bord: 'Dit is geheel nieuw, vrienden. Ik dacht dat Armando gisteren nog met Els ging of was het met...' Hij wachtte even: 'Of was het soms Els met Dirk?'

Onderdrukt gegrinnik. Els ontplofte. Dirk zei niets, zelfs geen 'Banzai'. Tomatig werd hij wel. Anneke keek voor het eerst op uit haar boek. Niemand lette meer op haar. Iedereen zat Els en Dirk aan te staren. Opgelucht legde Anneke het boek in haar kastje.

Brinkman haalde nu met een brede zwaai de bordenwisser over het bord. Het werd weer stil.

Plotseling gekraak van papier: het was Mickey die nog steeds in de prullenbak stond te graaien.

'Zeg Mickey?' vroeg Brinkman niet onvriendelijk.

'Ja meester,' antwoordde ze op een toon alsof ze zeggen wilde: waar bemoei je je mee. Zo praatte ze trouwens wel meer tegen grote mensen. Die werden meestal niet kwaad als Mickey het deed. Dat kwam vast doordat ze zo klein was.

'Zeg Mickey,' ging Brinkman verder, 'sinds wanneer draai jij de prullenbak om op je tafel?'

'Sinds mijn hamster weg is, meester,' antwoordde Mickey.

De meester klapte in zijn handen: 'Je ruimt vlug die troep op en gaat zitten. Suffie komt wel terecht.'

'Snuffie,' verbeterde Mickey.

'Ja, het is goed, opruimen en zitten!'

Terwijl Mickey mokkend de prullenbak begon in te laden, haalde de meester een stapel schriften uit zijn tas. 'Ik heb

die sommen nagekeken. Het was niet al te best. Ik mag wel zeggen triest.'

Jan-Wim en Rob keken elkaar aan: zou hij niets over hen zeggen?

'Daarom zal ik die procentsommen nog eens uitleggen.'

'Nee,' kreunde Els.

'Bah,' zei Mieke, die altijd alles te hard zei.

Brinkman hoorde het. 'Wagenaar!' en zijn stem klonk hard en streng: 'Leer nou eindelijk eens af overal commen-

taar op te geven. Dat gaat me zo langzamerhand vervelen.'
Mieke schrok, ze was niet gewend dat de meester haar bij
de achternaam noemde.

Brinkman schreef nu een procentsom op het bord.

Els fluisterde: 'Jeetje, wat is hij vanochtend gauw op zijn
tenen getrapt.'

'Dat komt door de ruzie met Wijnen,' antwoordde Mieke
weer veel te hard.

Brinkman draaide zich met een ruk om en gaf een flinke
draai aan de twee punten van zijn snor. 'Is het nou uit daar
of hoe zit dat?' galmde het door de klas.

Het werd muisstil.

Met rustige stem ging hij verder: 'We hebben het gehad
over de bak, die vol zit met honderd procent water.' Honderd procent, schreef hij met enorme letters op het bord.

Wat hij verder vertelde over volle bakken, die je voor de
helft liet leeglopen, over dekens van honderd procent wol,
dat hoorde Els niet meer. Ze staarde dromerig naar het
bord; naar de snor van Brinkman, waarvan de ene krul langer was dan de andere; naar zijn grote handen die altijd in
beweging waren als hij wat uitlegde. Hij staat zich weer
druk te maken, de goeierd, dacht ze. Want zich opwinden,
dat kon hij. Vooral als hij kwaad werd, zoals daarnet met
Mieke. Maar het was meestal zo weer over. Het was net,
vond Els, alsof hij op het moment dat hij losbarstte er alweer spijt van had. Toen Els dat eens tegen Mieke had gezegd, was die in de lach geschoten. Mieke vond dat Els vaak
veel te diep over de dingen nadacht. Brinkman was gewoon
af en toe een driftkikker.

Els keek naar Mieke die stil zat te luisteren naar de meester. Mieke is soms net Brinkman, dacht Els. Zij zijn alle
twee die uitval van daarnet alweer vergeten. Mieke schrok

wel toen hij zo tekeerging. Zo was Mieke: het ene ogenblik kon ze helemaal van de kaart zijn en vijf minuten later deed ze alsof er niets gebeurd was. Ze maakte zich nooit zo lang druk om iets.

Els staarde weer afwezig naar het bord. Ze zag nog vaag de lijnen van het grote hart met de pijl.

Brinkman had er een paar ingewikkelde procentsommen overheen geschreven. Toen Els het hart op het bord tekende, zei Mieke dat ze het flauw vond. Mieke vond 'dat gedoe met die hartjes' maar kinderachtig. 'Wat interesseert mij dat nou, wie met wie gaat. Dat verandert toch iedere dag,' zei Mieke dan.

Els vond het wel leuk. Vooral om te weten of de meeste jongens haar aardig vonden. Eigenlijk was dat van Anneke en Armando helemaal niet om te lachen. Eerst zei iedereen: Armando met Els. Sinds Armando een keer met Anneke was meegefietst, was dat afgelopen. Daarom had ze misschien dat enorme hart op het bord gezet. Ach, wat kon het haar eigenlijk schelen. Ze keek weer naar Mieke, die zat te lachen om een som die de meester op het bord had gezet: 'Ik heb 35 negerzoenen. Ik eet twintig procent op. Hoeveel heb ik er over?'

Brinkman had altijd van die rare voorbeelden.

Els keek nu door de klas. Iedereen zat de som op een blaadje uit te rekenen. Behalve Mickey, die lag met haar hoofd op de handen droevig naar het lege hamsterhok te kijken. Het was een glazen bak, die op een tafeltje naast de groep van Anneke, Mickey, Tilly en Yolanda stond.

Mickey keek naar Brinkman die voor het bord op en neer beende. Het was haar schuld dat Snuffie weer weg was. Het deksel zat niet goed op het hok.

Ineens zag Mickey in de hoek bij het bruine kastje iets bewegen. De meester liep er met grote stappen vlak langs. 'Snuffie!' gilde Mickey. Ze vloog overeind, zodat haar stoel achterovooviel, schoot langs de verbouwereerde Brinkman heen en viel voor het kastje op haar knieën. Ze kon nog net de hamster grijpen die weer onder de kast wilde verdwijnen. 'Ik heb haar,' riep ze triomfantelijk.

Iedereen was van zijn plaats gekomen en liep lachend en gillend in de richting van Mickey.

'Zitten, zitten,' riep Brinkman, maar ook hij kon zich niet meer goed houden. Boven het gelach van de kinderen uit klonk nu de zware lach van de meester.

Op dat moment ging de deur open.

Daar stond Wijnen, die meewarig zijn hoofd schudde.

Brinkman probeerde iedereen weer op zijn plaats te zetten. Dat lukte hem pas echt, toen hij met zijn armen over elkaar voor het bord was gaan staan en heel dreigend keek.

Wijnen was in de deuropening blijven staan. Zijn ogen dwaalden door de klas. Toen wees hij in de richting van Rob en Jan-Wim: 'Die twee heren daar gaan even met mij mee.'

Brinkman begon aan zijn snor te draaien: 'Ja... eh... ik heb nog niet met ze gepraat, dat wilde ik straks doen.'

Wijnen wuifde met zijn hand: 'Dat is prima. Maar ze gaan nu met mij mee. Ze zijn zo terug.'

Dirk stak zijn vinger op.

'Wat moet je, jongen?' vroeg Wijnen.

'Ik en... en... nog een paar anderen hebben er ook mee te maken. Wij hebben...'

'Waren jullie dan ook aan het vechten, Dirk?'

'Nee, maar...'

'Het gaat nu om de twee vechtersbazen. Komen de heren mee?'

Rob en Jan-Wim stonden aarzelend op en keken hulpeloos

naar de meester. Die stond door het raam naar buiten te staren. Langzaam liepen de twee jongens achter Wijnen aan de klas uit.

Brinkman ging door met de les alsof er niets gebeurd was. Bijna niemand lette nog op. Kwam het door de twee jongens of doordat Brinkman te lang doorzeurde over de sommen?

Els dacht door alle twee. Ze schoof een briefje door naar Mieke.

Mieke las: 'Ik vind Wijnen een rotvent en onze meester staat te zeuren. Verscheur dit briefje meteen. Afzender Els.' Mieke knikte heftig 'ja' en versnipperde het briefje.

De les duurde niet lang meer. Brinkman liet schriften uitdelen en gaf wat sommen op. 'Iedereen gaat stil voor zichzelf aan het werk,' zei hij.

Het bleef onrustig. Vooral nadat Jan-Wim en Rob waren teruggekomen. Het bericht dat ze ieder tweehonderdvijftig strafregels hadden, werd fluisterend doorgegeven.

'Is het nou stil?' bulderde Brinkman.

Echt stil werd het niet. De meester moest blijven waarschuwen. Pas nadat Armando voor straf naast zijn tafel moest gaan staan, werd het echt stil. Na een half uur ging de bel voor het speelkwartier. De kinderen haalden opgelucht adem. Brinkman stond al bij de deur om de groep uit te laten. Els stootte Mieke aan en knikte in de richting van de deur: 'Hij is ook blij dat het speelkwartier is.'

Jan-Wim en Rob moesten in het speelkwartier binnenblijven van Brinkman en vertellen wat er gebeurd was.

Eerst Jan-Wim. Rob moest zijn mond houden. Jan-Wim vertelde van gisteren: dat hij de bal expres het water in had getrapt, omdat hij niet mee mocht voetballen. Rob had moeite zich in te houden. Maar toen Jan-Wim zei dat hij het kinderachtig vond hem op te wachten, ging het niet meer. Rob ontplofte: 'Wát kinderachtig. Jij bent kinderachtig om die bal weg te trappen en het is jouw schuld dat Wijnen...'

'Hou je mond,' onderbrak de meester fel. 'Jan-Wim is aan het woord.'

Rob zat te trillen. Meester had makkelijk praten. De ouders van Jan-Wim zouden het niet erg vinden van dat strafwerk en die gescheurde kleren. Jan-Wim had tenminste een keer gezegd dat zijn vader altijd zei: 'Vechten en strafwerk, dat hoort bij de basisschool.' Robs ouders vonden niet dat het erbij hoorde. Dat zou wel weer vroeg naar bed worden, geen zakgeld en een draai om zijn oren. Dat laatste in elk geval.

Jan-Wim was uitgepraat en Brinkman zei: 'Nou jij, Rob.'

Rob keek naar de grond en wanhopig zei hij zacht: 'Het kan me geen barst meer schelen.'

Het bleef even stil. Brinkman stond op en liep naar het raam.

Op dat moment ging de deur open.

'Brinkman, moet je niet naar buiten om op je kinderen te letten?' klonk de stem van Wijnen.

'Ja, ik kom zo.'

'Dan is het goed,' en de deur ging weer dicht.

Brinkman kuchte. 'Jullie begrijpen dat ook ík dit niet zomaar voorbij kan laten gaan. Wanneer moet die straf van Wijnen af zijn?'

'Morgen moeten we tweehonderdvijftig regels af hebben,' zuchtte Jan-Wim.

'Dan moeten we het maar zo doen,' ging Brinkman verder, 'dat jullie voor straf na het speelkwartier niet meegaan naar gymnastiek en vanmiddag ook niet naar handenarbeid. Jullie blijven hier.'

Rob balde woedend zijn vuisten. Hij kon het bloed er wel uitknijpen. Grote mensen konden maar alles met je doen wat ze wilden. O, wat haatte hij hen nu, allemaal.

De meester stond achter hen. 'Jullie hebben het dus goed begrepen. Na het speelkwartier en vanmiddag in de klas blijven. Je probeert je tijd maar zo goed mogelijk te gebruiken. Je gaat maar aan die tweehonderdvijftig regels werken of zo.'

Rob kwam overeind. Als ik dan op school hard werk, hoeven ze het thuis niet te weten, flitste het door hem heen. Maar ze zouden het aan zijn kleren zien. Van het strafwerk, dat hoefde hij niet te vertellen. Misschien dat het dan wel meeviel. Het zag er in ieder geval wat hoopvoller uit. Waarom zou Brinkman dat doen? Zou hij gemerkt hebben hoe rot hij zich voelde? Was het om Wijnen dwars te zitten? Of dacht hij echt, dat hij de straf nog zwaarder had gemaakt?

Brinkman stond nu zijn jas aan te trekken. 'Jullie gaan ook naar buiten en doe me één lol, blijf bij elkaar uit de buurt. Jullie kunnen nu eenmaal niet met elkaar opschieten. Dan kun je elkaar het beste met rust laten, anders wordt het toch weer rammen.'

De twee jongens knikten en holden naar buiten. Daar stond de halve klas hen op te wachten. Toen ze hoorden wat de straf van Brinkman was, probeerde iedereen het uit te leggen. Volgens Els was het om Wijnen te pesten. Rolf zei dat het door de snor kwam. Hoe dat kon begreep niemand. Rolf zelf eigenlijk ook niet. Armando legde veelbetekenend zijn hand op Robs schouder: 'Hij heeft jou vast willen sparen omdat hij veel van dieren houdt.' Rob wilde eerst weer kwaad worden, maar toen hij zag dat iedereen stond te lachen, probeerde hij het ook maar leuk te vinden. Dirk was er nu bij komen staan en toen Jan-Wim hem vertelde van

de rare straf, sprak hij plechtig: 'Meester heeft mild ge-
straft. Het is een goede man.'

'En Dirk is getikt,' voegde Rolf eraan toe.

Dirk antwoordde: 'Banzai!'

Toen ging de bel om naar binnen te gaan. Wijnen stond bij
de ingang van de school. De kinderen schuifelden langs
hem naar binnen. Ze zwegen maar over de rare straf. Voor
alle zekerheid.

Hoofdstuk 3

Die avond tegen half zeven liep er door de buitenwijk van een grote stad een man. Diep weggedoken in zijn jas stapte hij door de drukke straat van de nieuwbouwwijk. Bij een zijstraat bleef hij even staan en liep toen weer door.

Een zacht gerommel voorspelde naderend onweer. De mensen op straat versnelden hun pas. Het was warm geweest voor een dag in het voorjaar. Een flinke regenbui zou de straten en de mensen goeddoen.

De man was nu een zijstraat ingelopen. Voor een flatgebouw bleef hij staan en keek naar binnen. Achter een paar ramen zag hij vrouwen bezig met borden en tafelkleden, ergens zaten twee meisjes aan tafel een spelletje te doen en voor het raam vlak boven hem stond een vader met een kind te praten. Sommige gordijnen waren gesloten. Vaag zag hij bewegende schimmen.

Hij haalde nu zijn handen uit zijn jaszakken en keek ernaar. Ze trilden.

Een felle bliksemflits verlichtte even de straat, gevolgd door een donderslag. De man liep snel door. Een eind verder in de straat bleef hij staan. Nog een huis of tien, dan hield de straat op en begonnen de weilanden. Ook daar zouden nieuwe flats gebouwd worden.

De man stond nu voor het portiek van nummer achttien. De lamp die in het smalle, donkere portiek hoorde te branden was uit. Even keek de man om zich heen. Het was stil op straat. Toen verdween hij in het portiek van nummer achttien en bleef daar staan.

Een eindje verderop, op zesentwintig, ging de deur open. Anneke en Mickey kwamen naar buiten.

'Doe je jas dicht, het gaat onweren,' zei Mickey.

'Je bent net mijn moeder. Voor dat kleine stukje dat ik over straat moest! Ga jij maar naar binnen, dadelijk krijg je griep.'

'Dan hoef ik niet naar school,' lachte Mickey.

'Nou dag, tot morgen. Ik kom je morgen vroeg afhalen,' en Anneke stapte het portiek uit, de straat op.

Achter haar knalde de deur dicht. Ze hoorde nog net de moeder van Mickey roepen: 'Kun je het in het vervolg nog harder doen, Mick!'

Dat Mickey terugriep: 'Ja mam,' hoorde ze niet meer. Het was al bijna zeven uur, ze moest doorlopen.

Boven haar klonk een donderslag en grote druppels vielen uit de lucht. Anneke begon te hollen.

Waar hij vandaan kwam wist ze niet, maar ineens stond er een man voor haar. Ze botste tegen hem op.

'Sorry, meneer,' stamelde ze. 'Ik zag u niet.'

Even was het stil. Anneke voelde dat de man haar stond aan te staren. Omdat het al vrij donker was, kon ze nauwelijks zijn gezicht zien. Zij hoorde een zachte, vriendelijke stem die zei: 'Geeft niet, zusje, geeft niet. Wil je me even helpen? Daar in dat portiek heb ik mijn aansteker laten vallen. Misschien kun je even meehelpen zoeken.' Hij wees in de richting van een donker gat.

Anneke huiverde: 'Ik moet doorlopen, meneer. Ik moet om zeven uur thuis zijn.'

De man pakte haar nu zachtjes bij de arm en begon haar langzaam in de richting van het portiek te duwen. 'Wat onbeleefd, meisje. Je botst zomaar keihard tegen mij op en dan wil je me niet eens even helpen.'

Met grote angstogen staarde ze de man aan. Ze begreep het niet. Ze kende deze man niet. Wat wilde hij van haar? Ze was wel eens gewaarschuwd voor mannen die vreemde dingen met je wilden doen. Wat waren 'vreemde dingen'? Waarom duwde die man haar het portiek in? De greep van zijn hand om haar arm werd steviger.

Ze stonden nu aan de rand van het portiek. Plotseling een felle lichtflits, gevolgd door een oorverdovend gedonder.

'Laat me los,' klonk de angstige stem van Anneke door de straat. De donderslagen volgden elkaar nu snel op. Het onweer was boven de stad gekomen.

De man trok haar met een flinke ruk het portiek in. Hij voelde hoe de tranen van het meisje op zijn handen vielen. 'Laat me los,' snikte Anneke. 'Laat me los.'

'Stil nou maar,' hijgde de man. 'Ik ben aardig voor kinderen.'

Het was opgehouden met regenen, maar er zou vast weer een bui komen, want het was of de donderslagen moeite deden elkaar te overstemmen.

Nog nooit had Anneke zich zo bang gevoeld. 'Vreemde dingen' hamerde het in haar gedachten: 'vreemde dingen'.

De man legde zacht zijn hand tegen haar gezicht en siste: 'Nu moet je wel rustig zijn, hoor. Ik ben toch ook rustig. Ik ben heel vriendelijk en goed voor kinderen.'

Ze voelde zijn adem vlak bij haar gezicht. Met een wilde schreeuw begon ze zich weer los te rukken.

Plotseling hoorde ze een stem: 'Anneke, ben jij het? Wat doe je?'

Voor het portiek stond een klein, donker figuurtje. Het was Mickey met de schooltas van Anneke onder haar arm. Ze wilde hem nog gauw even brengen.

'Anneke, ben jij het?' klonk het nu heel nadrukkelijk.

'Mickey, Mickey,' stamelde Anneke. 'Die man... hij heeft me vast.'

De kleine Mickey, die nooit bang was voor grote mensen, die op school altijd alles tegen Brinkman durfde te zeggen, die als ze haar hamster kwijt was rustig doorzocht, ook al stond de hele groep op zijn kop, die kleine Mickey liet met een plof de schooltas op de grond vallen en stoof naar voren. Als een razende begon ze de man tegen zijn benen te schoppen.

'Laat Anneke los, laat los, laat los,' gilde ze.

'Auw!' brulde de man.

Anneke voelde de greep om haar arm losser worden. Mickey schopte door alsof haar leven ervan afhing. Nog steeds tegen de muur gedrukt, keek Anneke angstig naar Mickey die helemaal rood zag van inspanning.

Toen ging de deur open en de mevrouw van nummer achttien kwam naar buiten. Het licht van de ganglamp scheen nu op drie gezichten. Het bleke gezicht van Anneke, het verschrikte gezicht van de man en het knalrode gezicht van Mickey, waar de zweetdruppeltjes van afliepen.

De man liet Anneke los, duwde Mickey opzij en half hinkelend, half hollend verdween hij in de richting van de weilanden aan het einde van de straat.

Even later belde de mevrouw van nummer achttien bij het huis van Mickey aan. Achter haar stonden twee huilende meisjes.

Hoofdstuk 4

De volgende morgen stonden de kinderen in groepjes voor de school te praten. Niemand wist precies wat er gebeurd was. Dirk kon nog het meeste vertellen, omdat zijn vader bij de politie was. Veel was het niet, maar in elk geval meer dan genoeg voor de zevende-groepers die brandden van nieuwsgierigheid.

Eerst brulde iedereen, zoals gebruikelijk, door elkaar. Els krijste: 'Een vent heeft Anneke willen pakken.' Mieke vroeg gillend: 'Wat wou hij dan?' Rolf, die net aan kwam lopen, riep: 'Wat is er? Wat is er?' Marianne krijste opgewonden: 'Een vent heeft Anneke willen pakken!'

Rolf liet van verbazing zijn bal vallen, die tussen de benen van de schreeuwende kinderen door rolde. Hij zakte op zijn knieën en begon zich tussen de wirwar van benen door te wringen om zijn bal te pakken.

Armando probeerde nu iedereen stil te krijgen: 'Stil nou, Dirk wil wat zeggen.' En tegen Rolf: 'Je zit met je knie op mijn voet. Schiet op.'

'Maar mijn bal,' kreunde Rolf.

Terwijl Rolf zich tussen de benen door wrong en iedereen door elkaar schreeuwde, probeerde Dirk aan het woord te komen. Hij had eerst gezwegen om de spanning er een beetje in te houden. Hij wist dat hij uiteindelijk toch het meeste kon vertellen: zijn vader was bij de politie. Maar nu vond hij het langzamerhand wel tijd worden om ook eens wat te zeggen. 'Mijn vader zei dat er een aanrander rondloopt door onze buurt.' Toen Dirk het woord 'aanrander' zei werd het ineens heel stil. Zelfs Rolf kwam overeind. Bijna niemand wist precies wat het was, maar als je er iets over las in de krant, dan leek het heel erg.

'Die man heeft gisterenavond, omstreeks zeven uur, Anneke gegrepen,' ging Dirk verder, alsof hij uit een detectiveboek voorlas.

'Is ze dood?' gilde Els.

'Welnee, gek! Anneke heeft zich losgerukt. Ze is trouwens geholpen door een ander meisje.'

'Uit onze groep?'

'Dat wist mijn vader niet.'

'Hij is toch bij de politie!'

'Bij de verkeerspolitie,' verbeterde Dirk. 'Die is niet voor mannen die kinderen pakken.'

'Dus jouw vader is niet voor bandieten en zo?' vroeg Mieke teleurgesteld.

Dirk werd fel: 'Hij regelt het verkeer in de binnenstad. Dat is ook hartstikke belangrijk!' Op datzelfde moment dacht hij: ik krijg kapsones, en daarom stak hij zijn vinger in de lucht en zei plechtig: 'Als mijn vader er niet was, zou het verkeer in de binnenstad helemaal vastzitten. Hij is tien keer beter dan een stoplicht.'

Rolf grinnikte: 'Dirks vader is stoplicht.'

'Precies,' lachte Dirk.

De hele groep lachte mee, behalve Els. Ze greep Dirk bij zijn arm: 'Wat is er nou verder met Anneke gebeurd? Vertel nou verder.'

'Nou, verder niks. Er kwam geloof ik net iemand langs en toen is die man weggelopen. De politie zoekt hem.'

Marianne kwam ook naast Dirk staan: 'En verder weet je niks? Nou, dat is ook niet veel. Als mijn vader bij de politie zat, dan was ik wel meer te weten gekomen.'

Dirk haalde zijn schouders op: 'Ach meid, zeur niet. Vraag het dan aan onze meester. Die wist er ook al van, zei mijn vader.'

Iedereen keek naar de weg. De groene eend stond er al. Het kwam haast nooit voor dat de meester zo vroeg was. Er moest iets ernstigs aan de hand zijn. De kinderen bleven

onrustig voor de deur op en neer drentelen. Ging de bel nu maar. Ze wilden naar binnen.

Rob vertelde nog dat hij ergens gelezen had, dat aanranders het leuk vonden om kinderen pijn te doen. Een jongen, die eens gepakt was, lag nu nog in het ziekenhuis.

Els vertelde dat aanranders vooral achter vrouwen aanzitten, omdat ze die willen zoenen.

Door het woord 'zoenen' begon weer iedereen door elkaar te schreeuwen. Ze wisten nu allemaal wel iets. Aanranders trokken aan je haren, ze wilden je slaan, ze wilden je lichaam aanraken, ze gooiden je op de grond, ze wilden je doodmaken.

Toen de bel ging, stormden ze naar binnen. Bij hun lokaal stond Brinkman met Wijnen te praten. Door de open deur zagen ze Anneke en Mickey zitten.

'Meester, meester,' daverde Robs stem boven de anderen uit. 'Wat is er met Anneke gebeurd?'

Brinkman keek Wijnen aan. Wijnen deed een stap naar voren en commandeerde: 'Jullie gaan zonder te praten op je plaats zitten en bemoeien je verder niet met zaken die je niet aangaan. Anneke en Mickey moeten ook met rust worden gelaten.'

Rob, die naast Jan-Wim stond, stootte hem aan en fluisterde: 'Zou Mickey geholpen hebben?'

Rolf, die achter hen stond, grinnikte: 'Hoe kan Mickey nou tegen zo'n vent op?'

Wijnen stond nu in de deuropening en zwijgend gingen de kinderen langs hem naar binnen.

Anneke zat in een boek te lezen en durfde niet op te kijken. Mickey keek naar de kinderen die binnenkwamen.

Toen iedereen op zijn plaats zat, zei Wijnen: 'Pak je leesboek voor je en ga wat lezen. Meester Brinkman en ik horen niemand!' En opeens priemde zijn vinger in de richting van Armando. Die zat op zijn hurken bij de groep van Anneke en Mickey. Mickey zat opgewonden te fluisteren.

'Heeft die meneer daar niet begrepen wat ik daarnet zei?'

'Jawel, meester,' en Armando sprong op en liep naar zijn tafel.

Wijnen bleef kwaad naar hem staren. Armando greep haastig zijn leesboek uit zijn kastje, sloeg het open en deed net of hij las. Echt lezen kon hij trouwens niet: hij hield het boek op zijn kop. Hij voelde dat er strafwerk dreigde.

Gelukkig, samen met Brinkman liep Wijnen nu de gang op en sloot de deur.

Armando tilde zijn hoofd op en zag dat Wijnen door het glas van de deur de kinderen in de gaten hield, terwijl hij met hun meester stond te praten. Wijnen maakte drukke gebaren. Wat Brinkman deed was niet te zien. Ze hadden het vast over Mickey en Anneke.

Niemand durfde iets te zeggen, want regelmatig gingen de ogen van Wijnen spiedend door de klas. Zelfs Els had hij in de gaten. Die zat achter haar boek weggedoken en probeerde zo aan Anneke te vragen wat er gebeurd was. Toen zij even over de rand van haar boek gluurde om te zien of alles nog veilig was, keek ze recht in de ogen van Wijnen. 'Het is net een waakhond,' siste ze nijdig.

Een onderdrukt gegrinnik ging door de klas. Vooral toen Dirk eraan toevoegde: 'En blaffen kan hij ook!'

Het werd weer stil. Sommigen hadden nog wel zin iets geks te zeggen. Als het alleen hun eigen meester was geweest, die daar had gestaan, dan hadden ze wel gedurfd, maar nu... Els schoof weer eens een briefje door naar Mieke. Ze las: 'Wijnen is net die God van Jan-Wim. Hij ziet ook alles. Afzender Els.'

Mieke lachte. Bij Jan-Wim thuis geloofden ze iets. Wat, dat wist Mieke niet precies. Alleen herinnerde ze zich dat Jan-Wim een spreekbeurt over dat geloof had gehouden. Hij vertelde toen dat in dat geloof een God was die alles zag, op de hele wereld. God Wijnen zag nu ook alles.

Het was zo stil dat je vaag de stemmen op de gang kon horen. De meeste kinderen probeerden iets op te vangen. Het klonk nogal opgewonden. Wijnen stond nog steeds druk te gebaren. Soms zweeg hij en dan hoorde je de brom-stem van de meester.

Wijnen lette helemaal niet meer op de groep, maar nie-mand probeerde iets. Ze staarden naar de deur. Wijnen leek erg opgewonden. Iedereen voelde dat er nu echt moeilijk-heden waren tussen hun meester en Wijnen. Tot nu toe hadden sommige kinderen er wel eens wat van gezegd, maar dan zag je dat de meester weer rustig een sigaartje bij Wijnen stond te roken op de speelplaats. Zoiets doe je niet als je ruzie hebt, vonden de meesten dan.

Maar de laatste dagen, vooral na de ruzie van Jan-Wim en Rob, begon bijna iedereen langzamerhand te geloven dat die twee echt een hekel aan elkaar hadden. Dat hun mees-ter dingen deed, die niet mochten van Wijnen. Tegenover de kinderen deden ze natuurlijk net alsof ze vrienden waren, maar als je nu door de deur naar het opgewonden hoofd en de gebaren van Wijnen keek, dan was het wel zeker dat het mis was. Het duurde nu al tien minuten. Nog steeds was het doodstil in de klas. Totdat Bart de stilte ver-brak. Bart was een lange magere jongen, die alleen aan een tafeltje zat, vlak bij de tafel van Brinkman, omdat hij an-ders te veel kletste. En hoe. Hij had een 'nogal krachtig taalgebruik', zoals Brinkman het noemde. Dat bleek ook nu weer, toen hij nogal hard zei: 'Dadelijk rammen ze mekaar in elkaar. Dan moest onze meester die Wijnen maar flink op zijn kop geven.'

'Sssst,' fluisterde Armando. Hij wilde horen wat er op de gang gezegd werd. Dat lukte niet meer, want iedereen begon zenuwachtig te fluisteren, met zijn voeten te schuifelen of in zijn boek te bladeren. De spanning werd nu voelbaar. Kinderen die nog niet helemaal snapten, wat er precies aan de hand was met Brinkman en Wijnen, kregen het haarfijn uitgelegd.

Algauw was iedereen ervan overtuigd dat het mis was op school. Een raar gevoel. Hun meester had ruzie met Wijnen, die toch de baas was op school. Echte ruzie. Grotemensen-ruzie.

Dat is heel erg. Kinderen vechten, schelden elkaar uit en spelen een tijd niet met elkaar. Maar voor je het weet, is het weer over en ben je weer vrienden. Bij grote mensen is dat anders. Het lijkt of het nooit overgaat. Of het steeds erger wordt.

En nu, hun eigen meester met Wijnen.

Wijnen was de directeur van de school. Brinkman moest naar hem luisteren. De hele school moest naar hem luisteren.

De kinderen voelden dat de ruzie om hen ging. Om hun klas.

De manier waarop hun meester lesgaf, met de kinderen omging, was anders dan Wijnen het wilde. Nu herinnerde iedereen zich allerlei dingen die gebeurd waren. Gisteren nog dat rare gedoe met Rob en Jan-Wim. Door de gekke straf van Brinkman hadden Rob en Jan-Wim de strafregels van Wijnen op school kunnen maken. Thuis hadden ze nog genoeg gehoord over hun kapotte kleren, maar Rob was al dolblij geweest dat hij zijn strafwerk niet mee naar huis had hoeven nemen, want dan was zijn vader helemaal ontploft.

Ook herinnerden ze zich nu die middag toen ze met de hele groep aan het schilderen waren met waterverf. Een rommelige middag, maar iedereen had er plezier in en Brinkman liep met opgestroopte mouwen rond om aanwijzingen te geven. Met de schilderijen die af waren, plakte hij de muren vol. Tot Wijnen binnenkwam om te zeggen dat hij het liever niet aan de muur had en allerlei opmerkingen maakte over de rommel. Brinkman liet meteen wat kinderen de verfvlekken van de vloer halen. Daarna bleef Wijnen nog een tijd op het lesrooster staan kijken, dat naast de deur hing en haalde tenslotte zijn schouders op tegen Brinkman. Mieke herinnerde zich die keer dat ze met de hele groep aan het touwtjespringen waren en ze Brinkman vroegen om mee te doen. Hij bracht er wel niet veel van terecht, maar binnen een paar tellen stond de hele speelplaats om hem heen. Toen hij af was, ging hij netjes volgens de regels met het touw staan slingeren. De groep had vreselijk veel plezier gehad, Brinkman ook. Tot Wijnen gewenkt had naar hun meester en ze samen naar binnen waren gelopen. Toen Mieke hem de volgende dag vroeg om weer mee te doen, had hij nee geschud en gezegd: 'Mijn ouwe botten kunnen er niet meer tegen.' Ze waren blijven aandringen, maar toen had hij iets gemompeld van: 'Er zijn mensen die het een beetje gek vinden als een meester touwtjespringt,' en was weggelopen. Nu begreep Mieke, wie die mensen waren. Van zacht gefluister was geen sprake meer. Iedereen probeerde aan het woord te komen. Door alle opwinding waren de meesten Anneke en Mickey vergeten, tot Dirk riep: 'Ze hebben vast ruzie over Anneke en Mickey!' Nu wilden ze weten wat er gebeurd was gisterenavond. Veel kon Mickey niet vertellen, want de deur ging open en Brinkman stond voor hun neus. Zonder Wijnen.

'Ik dacht dat we rustig zouden lezen en niet kletsen,' zei hij streng.

Iedereen begon in zijn boek te staren. Armando keek nog steeds tegen een omgekeerde bladzijde aan. Hij draaide zijn boek eindelijk om.

Brinkman zag het: 'Dat lijkt me een leuk boek, Armando. Dat kun je twee keer lezen. Een keer gewoon en een keer op zijn kop.'

Armando grinnikte en toen hij zag dat Brinkman ook lachte stak hij zijn vinger op. Hij wilde nu eindelijk wel eens weten, wat er gebeurd was met Anneke en Mickey.

Brinkman lette niet op zijn vinger. Of wilde hij hem niet zien? Armando snapte er niets van. Daarnet in de gang wilden ze het ook al vragen, maar toen had Wijnen hen naar binnen gestuurd. Dirk stak ook zijn vinger de lucht in.

Brinkman deed weer of hij niets zag. Juist toen Els besloot ook maar eens met haar vinger te gaan wapperen, zei Brinkman: 'Vingers weg. Neem je taalboek voor je!'

Dit was te gek; iedereen was vol van alles wat er gebeurd was: Anneke en Mickey, het boze hoofd van Wijnen en nu zei Brinkman doodkalm: 'Neem je taalboek voor je.' Els kon wel tegen het plafond vliegen van opwinding. Zou Brinkman dan niet snappen, dat de groep alles wilde weten over gisterenavond en als het kon ook over Wijnen?

Els keek naar Anneke. Die zat met haar handen voor haar gezicht. Zou ze huilen? Waarom deed Brinkman zo stom? Waarom zei hij niks?

Anneke huilde inderdaad. Ook zij begreep er niets meer van. Gisterenavond hadden haar ouders de meester nog opgebeld. Brinkman had gezegd, dat zij en Mickey maar wat eerder op school moesten komen. Hij zou het dan meteen om negen uur met de klas bespreken. Het zou vanzelf goed komen. De kinderen zouden er toch van horen en hij vond het verstandiger er maar met hen allen over te praten. 'Zo'n drama is het nou ook weer niet,' had hij gezegd.

Die ochtend waren Mickey en zij al vroeg op school. Ze hadden Brinkman verteld over gisteren en toen was Wijnen binnengekomen en had gezegd: 'Ik heb zojuist alles gehoord. Het is beter dat in elk geval Anneke een paar dagen thuisblijft.' Op dat moment was de bel gegaan en kwamen de kinderen de school in. Brinkman had hun gezegd maar even op hun plaats te blijven zitten. Toen had Wijnen de andere kinderen de klas ingestuurd en was met Brinkman de gang opgegaan. Anneke wist zeker dat die ruzie over haar ging. Ze mocht nu in elk geval op school blijven, anders had Wijnen haar allang weggeroepen. Maar verder wist ze niets. De meester zou er toch over praten. Zei hij nou maar iets. De hele groep zat steeds naar haar te kijken. Ze vond het fijn om in de belangstelling te staan, maar niet zo.

Brinkman had inmiddels een zin op het bord geschreven: 'Hij werkt de hele dag.' Hij wees Rolf aan om het onderwerp en het gezegde te noemen.

Daarna mochten de kinderen zelf zinnen bedenken, die hij op het bord zette. Er kwamen zinnen als: 'De winkel wordt gesloten' en 'De boer melkt de koeien'. Braaf haalden de kinderen er het onderwerp en het gezegde uit.

Armando zat nog steeds in gedachten. Hij wílde antwoord op zijn vraag. Waarom deed Brinkman zo vervelend? Snapte hij dan niks? Anders had hij het altijd meteen door als er iets aan de hand was. Toen kreeg Armando een inval. Zou hij het doen? Hij durfde veel, maar dit... Verdorie, hij moest nou maar eens merken wat er gaande was. Armando zat zich kwaad te maken en voor hij het wist ging zijn vinger de lucht in.

Eerst mocht Dirk nog een zin zeggen. Hij zei: 'De auto van de meester stortte in.'

Brinkman kalkte de zin op het bord, terwijl hij lachend zei: 'Wat wil je, die ouwe eend van mij is ook al elf jaar oud, maar wees gerust, Dirk, ik heb nu lang genoeg gespaard. Ik koop gauw een nieuwe.'

Dirk ontleedde: 'De auto is onderwerp en gezegde is "stortte in".'

'En nu jouw zin, Armando,' en Brinkman keerde zich alweer naar het bord met opgeheven hand, klaar om te schrijven.

Armando wachtte even en zei toen aarzelend: 'Een man heeft Anneke gepakt.'

Langzaam ging de arm van de meester weer omlaag.

De hele groep keek nu als door de bliksem getroffen. Anneke haalde verbouwereerd de handen van haar gezicht en staarde naar Armando. Die wist niet goed hoe hij kijken moest, daarom zat hij breed te grijnzen, alsof hij een geweldige grap had verteld.

Brinkman draaide zich om naar de kinderen en gaf een enorme slinger aan zijn snor.

De klas hield de adem in. Nu ging het komen, dat kon niet anders. Wat komen ging wist niemand, maar gewoon doorgaan met de les was onmogelijk geworden voor de meester. Hij moest nu iets zeggen.

Anneke zat bijna opgelucht Armando aan te kijken. Die wist ook niet goed meer wat hij doen moest, dus knipoogde hij maar naar Anneke.

Brinkman kuchte en gaf nog een draai aan zijn snor: 'Ja, Armando, jij krijgt je zin. De hele groep krijgt zijn zin. We hebben nu lang genoeg stommetje gespeeld.'

Armando grijnsde nog breder. Het was gelukt. Brinkman werd niet kwaad, maar snapte het!

'Gisterenavond,' begon Brinkman rustig, terwijl iedereen ging zitten alsof hij aan een van zijn spannende geschiedenisverhalen begon, 'gisterenavond is er iets gebeurd, dat jullie allemaal kan overkomen. Daarom vind ik het nodig dat we er met elkaar over praten. Onze directeur is het niet helemaal met me eens. Hij vindt dat jullie het er thuis maar over moeten hebben, daarom, doe me een lol, en praat er verder hier op school niet met andere kinderen over. Natuurlijk wél met je ouders, daarin heeft meester Wijnen volkomen gelijk.'

Els stootte Mieke veelbetekenend aan, maar die was een en al oor voor Brinkman en fluisterde: 'Stil nou.'

En terwijl de meester zijn pijp stopte, ging hij verder:

44

'Mickey, misschien zou jij kunnen vertellen wat er aan de hand was. Jij was er tenslotte bij.'

Mickey knikte heftig ja. Voor haar was het allemaal minder hard aangekomen. Zij had alleen maar de benen van die man blauw getrapt. Ze vertelde opgewonden hoe Anneke bij haar was blijven eten en tegen zeven uur naar huis was gegaan. Plotseling was die man gekomen en had Anneke een donker portiek ingeduwd. Mickey had thuis gemerkt dat Anneke haar tas had laten staan. Ze wilde hem brengen, maar haar moeder vond het niet goed, omdat het regende. Toen had ze gezegd dat Anneke haar huiswerk nog niet af had, en na veel gezeur mocht ze toch gaan. 'Nou, en toen kwam ik langs het portiek van nummer achttien en hoorde de stem van Anneke. Die kerel had Anneke stevig vast en dat vond ik zo gemeen dat ik hem flink tegen zijn benen trapte. Hij brulde wel "auw" en zo, maar

bleef Anneke vasthouden. Toen werd ik zo kwaad, dat ik nog harder ging schoppen. Eigen schuld, moet hij maar niet zo raar doen. Toen ging de deur open en kwam dat mens van nummer achttien, waar we nooit voor de deur mogen spelen, en daar schrok die man zo van dat hij wegliep. Maar je kon zien dat ik hem flink geraakt had, hij kon bijna niet lopen.'

Mickey keek triomfantelijk om zich heen. Het was alsof ze verslag uitbracht van een bokswedstrijd die ze gewonnen had.

De hele groep zat nu te lachen om die kleine Mickey, die voor niemand bang was.

Bart schreeuwde: 'Net goed voor die kerel, Mickey, je had hem dood moeten trappen.'

'Ja, ja,' riep iedereen door elkaar.

Brinkman stond even bedenkelijk in de richting van Bart te kijken. 'Dat is weer krasse taal, vriend. Trouwens, dat wat jij wil, daar zie ik Mickey nog niet toe in staat. Maar ik geef toe, als die man vandaag in het gips zit, is dat zijn verdiende straf. Doodslaan vind ik een beetje te veel van het goede.'

Bart protesteerde: 'Meester, zo'n man is toch gemeen. Die verdient het!'

De klas begon nu weer druk door elkaar te praten. De meesten waren het eens met Bart.

Toen Brinkman het eindelijk stil had, zei hij: 'Luister nou eerst eens allemaal goed. Natuurlijk verdient die man straf. Maar welke? Kijk, je hebt mensen op de wereld die ziek zijn. Ziek in hun verstand. Ze doen dingen die je niet een, twee, drie snapt. Er zijn de laatste tijd in een andere buurt ook kinderen lastiggevallen. Vermoedelijk zelfs door deze man. Nu is de vraag: waarom doet zo'n man dat? Moet je nu zomaar, zonder iets van die man te weten, hem ter dood veroordelen?'

Bart knikte heftig 'ja'.

'Deze man vindt het, denk ik, prettig om kinderen aan te raken.'

Een paar kinderen zaten te giechelen. Brinkman zag het en vervolgde: 'Dat vinden jullie gek, maar denk nou eens aan je ouders. Als jij je vader en moeder een tijd niet gezien hebt, dan word je ook stevig geknuffeld door je ouders.'

Nu zat iedereen te lachen om het woord 'knuffelen'.

'Hoe moet ik het dan zeggen, stelletje giechels. Als je van iemand houdt, of het nou je grote broer is met zijn vriendinnetje, of je ouders of de poes, dan kun je dat bijvoorbeeld laten blijken door te knuffelen.'

Rolf stak zijn vinger op: 'Zou die man soms geen kinderen hebben?'

'Dat zou kunnen, maar het hoeft niet. We weten in elk geval dat hij op kinderen uit is. Maar om mijn "knuffelverhaal" af te maken: als je vader en moeder jou een stevige zoen geven, vind je dat heel gewoon. Wanneer plotseling op straat een vreemde man of vrouw op je afstapt, je stevig beetpakt en je een zoen geeft, dan weet je niet wat je overkomt. Je krijgt de schrik van je leven. Die man van gisteren is ziek. Hij hoort thuis in een inrichting waar een dokter is, die deze mensen probeert te helpen. Als deze mensen niet in zo'n inrichting zitten, moet je ervoor uitkijken wanneer je 's avonds in een stille buurt op straat loopt. Vooral als er geen Mickey's in de buurt zijn om eens flink te trappen. Nog vragen?'

Rob vroeg: 'Willen ze je doodmaken?'

'Nee, maar soms raken ze in paniek als zo'n kind gaat gillen. Als je in paniek bent, kun je gekke dingen doen.'

De vinger van Els ging de lucht in. 'Meester, u zei dat ze je lichaam willen aanraken. Waarom?'

'Nou, als jij iemand anders aanraakt, bijvoorbeeld met je hand een schouder, dan geeft dat een prettig gevoel. Daar denk je niet bij na. Goede vrienden leggen ook hun armen over elkaars schouders heen. Die lopen niet de hele tijd te roepen: "Ooo, wat een prettig gevoel." Je voelt wel dat je goede vrienden bent. En Els, als jij later een echt vriendje hebt, dan loop je ook geen meters uit elkaar. Of wel soms?'

Els voelde dat ze knalrood werd. Die vervelende Brinkman altijd met zijn eventuele vriendjes.

De groep lachte weer. Armando schaterde het hardst van allemaal.

Brinkman keek hem aan en ging verder: 'En als Armando later met zijn meisje op straat loopt, is er helemaal geen speld meer tussen te krijgen.'

Armando grijnsde: 'Later? Nu al!'

'Dat wil ik zien,' antwoordde de meester.

'Ik kijk wel uit,' zei Armando.

Brinkman pakte het krijt uit de richel van het bord. 'Als jullie in elk geval maar snappen dat zo'n man misschien ook uit is op een gevoel van vriendschap. Hij is misschien eenzaam en durft grote mensen niet lastig te vallen. Ik zeg "misschien", want het is heel moeilijk die mensen te begrijpen. Je schrikt er natuurlijk wel van. Het is nu Anneke overkomen, maar het had ook iemand anders kunnen zijn. Daarom uitkijken in stille straten. Verder maken we er geen probleem van. Dankzij Mickey en "dat mens van nummer achttien, waar Mickey nooit op de stoep mag spelen" is het allemaal goed afgelopen.'

Hij schreef nu de zin op het bord: 'Mickey kan hard schoppen', en liet Anneke de zin ontleden. Daarna werden de schriften uitgedeeld en moesten ze een lesje maken.

's Middags kwam Armando met de krant op school. Er stond een klein berichtje in. Brinkman las het voor: 'Gisterenavond tegen zeven uur heeft in de nieuwbouwwijk een man geprobeerd een meisje lastig te vallen. Door het dappere optreden van haar vriendinnetje, die de man tegen zijn benen trapte, en een vrouw die op het lawaai afkwam, sloeg de man op de vlucht. De politie probeert inmiddels de man te vinden.'

Mickey zat te glunderen.

Toen Brinkman de krant weer dicht wilde vouwen, zei Armando: 'Achterin moet u lezen, op de laatste bladzijde, daar staat een leuk bericht voor u.'

Brinkman sloeg de krant weer open en las voor: 'Race voor oude auto's. Binnenkort zal de V.O.A., de vereniging voor oude automobielen, haar vijfentwintigjarig bestaan vieren. Ter gelegenheid hiervan organiseert zij een race voor oude auto's. Iedereen met een auto, die ouder is dan tien jaar, kan inschrijven. Er zal een afstand moeten worden afgelegd van zes kilometer over een moeilijk begaanbaar stuk land. Er zal niet alleen worden gelet op de snelheid, maar er wordt ook een prijs uitgeloofd voor de leukst versierde auto. Er zijn prijzen van 250 gulden, 100 gulden en 50 gulden. Verdere inlichtingen bij de V.O.A.'

Het was alsof er een orkaan losbarstte. Meester moest en zou meedoen. Hij had vanmorgen toch gezegd dat hij een nieuwe auto ging kopen en die oude was toch niks meer waard. Groep zeven raakte door het dolle heen. Dat was nog eens wat: meester in zijn ouwe karretje bij de race van de V.O.O. of de A.V.A. of hoe die vereniging ook heten mocht. De groep zou de auto wel versieren. De prijs voor de leukste wagen kon hij in élk geval winnen, want de eindstreep zou hij toch wel niet halen in die gammele eend van hem.

'Als hij trouwens vóór de race al niet in elkaar zakt,' merkte Dirk op.

Brinkman was zo overdonderd door het enthousiasme van zijn groep, dat hij, voor hij het wist, 'ja' zei. Een luid gejuich steeg op. Wanhopig keek Brinkman naar Armando die weer breeduit zat te lachen.

'Leve de ouwe kar van onze meester,' brulde Rob loeihard.

Toen de school om vier uur uitging, rende de hele klas naar de wagen van Brinkman om hem vast te inspecteren. Brinkman liep er bedaard achteraan en bij de wagen zei hij: 'Niet zo hard schreeuwen, daar kan hij niet meer tegen.'

Plechtig stapte hij in en toen de auto in één keer startte, galmde een luid 'hoera' door de straat.

Langzaam tufte hij weg, terwijl de kinderen erachteraan holden.

Door het raam stond meester Wijnen bezorgd naar het hele gebeuren te kijken. Toen de optocht uit de straat verdwenen was, draaide hij zich om en vroeg zich verbaasd af wat Brinkman nou weer in zijn hoofd had gehaald.

Hoofdstuk 5

Niet alleen Wijnen vroeg zich af wat Brinkman had aange-haald. Ook Jan Brinkman zelf zat erover in. Hij had zich weer eens door het enthousiasme van de kinderen laten overdonderen. Natuurlijk was het een machtig idee om met de race voor oude auto's mee te doen, alleen vreesde hij het ergste voor zijn oude eend.

Diezelfde avond nog had hij de krant gebeld voor het adres van de vereniging voor oude automobielen. Toen hij daarna de V.O.A. belde werd de telefoon opgenomen door de voor-zitter van de vereniging.

'Zo, u heeft een oude eend,' zei de voorzitter nadat Jan Brinkman verteld had misschien mee te doen. 'Dat is ge-weldig,' ging de voorzitter enthousiast verder. 'Hoe meer mensen meedoen, hoe gezelliger. Zo is dat, meneer! Wat zegt u, u bent bang dat hij het niet haalt? Maar meneer, er doen karretjes mee van wel twintig jaar oud. Ik rijd zelf in een volkswagen, die al achttien jaar oud is. De auto's moe-ten wel tegen een stootje kunnen, maar u hoeft niet zo hard, hoor. Het gaat om de gezelligheid, zo is dat, meneer! U kunt trouwens vast terrein verkennen. We rijden op het zandpad van het IJsselse Bos, vooral het laatste deel. U moet meedoen, het gaat om de gezelligheid, zo is dat, meneer!'

Terwijl de voorzitter doorging met uit te leggen 'hoe ge-zellig het wel was', probeerde Brinkman zich te herinneren hoe het IJsselse Bos er op die plaats uitzag.

Vorig jaar had hij er nog gewandeld met Maaike, zijn vriendin. Het was het rustigste deel van het bos, waar bijna nooit mensen kwamen. Maar ook het slechtst begaanbare gedeelte. Hij was net bezig met een uitvoerige liefdesverklaring, toen hij in een grote plas stapte. Terwijl Maaike het uitschaterde, zakte Jan Brinkman tot zijn knieën in de modder. In gedachten zag hij zich nu met zijn eend in een kuil plonzen.

Aan de andere kant van de lijn ratelde nog steeds de stem van de voorzitter door. Brinkman hoorde pas weer goed wat

hij zei, toen de stem vroeg: 'Zal ik u dan maar noteren als deelnemer?'

Brinkman aarzelde: 'Ja... eh, ik weet niet...'

De voorzitter was ontembaar: 'Ach meneer, al rijdt u maar voor de flauwekul mee. Er is toch ook een prijs voor de mooist versierde auto. Die kunt u ook winnen. Als u maar aan de start verschijnt, het gaat toch om de gezelligheid...'

'Zo is dat, meneer,' ging Brinkman verder voor hij er erg in had.

Het bleef even stil aan de andere kant, maar toen jubelde de voorzitter: 'Dat wilde ik nou net zeggen. Ziet u nou wel! Ik ga u noteren als deelnemer. Goed?'

Brinkman zuchtte en gaf zijn naam op. Hij wist nog niet zeker of hij mee zou doen, maar dan was hij nu in elk geval van die schetterende stem van de voorzitter van de V.O.A. af. Nadat de man nog had verteld dat de race aanstaande zaterdag over veertien dagen zou zijn, dat hij nog een inschrijfformulier thuis kreeg en dat hij dit een gezellig gesprek vond, legde hij eindelijk de hoorn neer.

Jan Brinkman liet zich in een stoel neerploffen, wreef zijn handen over zijn gezicht en probeerde zijn gedachten te ordenen.

Het was eigenlijk een rotdag geweest vandaag. Vooral door die ruzie met Wijnen. Wijnen wilde niet dat hij met zijn groep zou praten over Anneke en Mickey. Hij had het toch gedaan, omdat Armando erover begonnen was. Brinkman vroeg zich af of hij er anders niet over gepraat zou hebben. Natuurlijk wel. Het was toch onzin het te verzwijgen. Trouwens, door die hele toestand met die autorace had niemand het er later nog over gehad. Hij hoorde weer de juichende stemmen van de kinderen, die achter zijn groene eend aanrenden. Nee, niet meedoen was eigenlijk onmogelijk geworden. Brinkman keek op zijn horloge. Het was al bijna half negen. Om kwart voor negen moest hij bij het ziekenhuis zijn om Maaike af te halen, die daar werkte als verpleegster.

Toen hij in zijn auto stapte, besloot hij alvast een keer te gaan proefrijden in het IJsselse Bos. Misschien dat hij dan al in elkaar zakte, zoals Dirk zei.

Daarna nam hij zich voor de rest van de avond niet meer aan school te denken. Dat lukte hem pas nadat hij Maaike uitvoerig verslag had gedaan over deze dag.

Maaike reageerde met: 'Je moet naar een andere school gaan, Jan. Er zijn heus wel scholen, waar je met jouw ideeën terecht kunt en waar je wél met de directeur kunt opschieten.'

Jan Brinkman friemelde aan zijn snor en mompelde: 'Ja, ja je hebt gelijk. Misschien aan het einde van het schooljaar.'

Maaike knikte. Ze wist dat hij zijn groep toch niet in de steek zou laten.

Toen Jan Brinkman vertelde van de autorace, was ze meteen laaiend enthousiast. Brinkman wist toen dat het wel zeker was dat hij mee zou doen.

De volgende dag stond een groepje kinderen hem al op te wachten toen hij bij school aankwam. Nauwelijks had hij zijn lange benen naar buiten gewerkt of hij hoorde de stem van Mieke: 'Meester, meester, heeft u zich al opgegeven voor de race?'

Brinkman knikte: 'Ik geloof het wel ja!'

Hij vertelde nu van de voorzitter, die hem had ingeschreven voor hij het wist.

'Dat is maar goed ook,' zei Els. 'Anders had u het toch niet gedaan.'

Dirk, die met een brede grijns naar het verhaal over de voorzitter had geluisterd, sprak plechtig: 'Natuurlijk doet onze meester mee. Let op mijn woorden. Binnenkort staat in alle kranten: Brinkman, de held van het IJsselse Bos. Brinkman, de man die geen gevaren kent in zijn supersonische acht-motorige eend.'

'En gisteren zei je dat hij nog vóór de race zou instorten!' zei Brinkman.

'Dat was gisteren,' ging Dirk verder, alsof hij een radioverslag deed. 'Maar vandaag, de manier waarop u de hoek omkwam, geweldig, wat een bochtenwerk, wat een stuurbeheersing. Geweldig, Brinkman the great, de man die...'

Verder kwam hij niet, want Armando, die samen met Rob op het voetbalveldje was, brulde keihard: 'Doet-ie méé?'

Els gilde terug: 'Jaaaa! Hij is al ingeschreven!'

Van plezier gaf Armando een loeierd tegen de bal. Rob, die op doel stond, hoorde hem rakelings langs zijn hoofd suizen, en toen hij van de schrik bekomen was, zag hij de bal nog net aan de overkant van de weg de stoep op wippen en het winkelcentrum binnenrollen.

'Halen!' gilde Rob.

Armando, die al in de richting van Brinkman was gerend, hoorde Rob niet eens meer. Rob begon langzaam rood aan te lopen: 'Armando, halen verdo...!' Op tijd herinnerde hij zich de ruzie met Jan-Wim. Zijn moeder had hem toen 'rotzak' horen roepen. Waarschijnlijk zou ze 'verdorie' ook niet prettig vinden. Nijdig trapte Rob in het gras en liep in een sukkeldrafje naar het winkelcentrum.

De bel ging en de kinderen liepen naar binnen. In de klas vertelde Brinkman hoe het precies zat met de rally en dat hij aanstaande woensdagmiddag het terrein maar eens ging verkennen.

'Mogen we mee?' vroeg Bart die vlak bij de meester aan een tafel zat.

'Ja, ja,' riep iedereen door elkaar.

'We gaan gewoon allemaal woensdag naar het bos,' gilde Mieke.

Brinkman kreunde. Hij zag het al voor zich: een troep kinderen die gillend achter zijn auto aanrende. Bij die gedachte schoot hij even in de lach.

'Zie je wel,' riep Mieke triomfantelijk. 'Hij vindt het leuk.'

'Genade,' en Jan Brinkman vouwde smekend zijn handen. 'Genade. Als jullie dat doen, dan kan de race vast niet doorgaan, omdat er na jullie bezoek aan het bos geen bos meer over is.'

Het werd nu een hels kabaal. Dirk stelde voor op de zandweg nog extra zandheuveltjes te maken; Armando wilde juist alle heuveltjes weg hebben: 'Daar komt die ouwe eend anders nooit tegenop.'

Els wilde samen met Mieke een ziekenploeg vormen en Rolf zou alvast met Rob samen een brancard timmeren.

Allemaal deden ze de vreemdste voorstellen. Brinkman stond er wat verbouwereerd bij. Hij begreep dat hij zich in elk geval niet meer voor de race kon terugtrekken. Maar hij voelde er weinig voor om woensdag met zijn hele klas te gaan proefrijden. Hij klapte in zijn handen. Dat hielp niet veel. De groep was zo enthousiast.

Brinkman plofte neer op zijn stoel en wachtte. Hij probeerde zijn strenge gezicht op te zetten. Het bleef nog een tijdje rumoerig, maar langzaamaan begrepen de kinderen dat het stil moest worden. Eindelijk kon de meester aan het woord komen.

'Nou bedankt hoor. Jullie lieten me wel erg lang wachten,'

begon hij. 'Jullie begrijpen wel dat allemaal méé proefrijden echt niet kan.'

Er volgde een teleurgesteld gemompel.

'Maar misschien kunnen we twee kinderen uitkiezen die
meegaan. Dan kunnen die donderdagmorgen verslag uit-
brengen aan de rest. We moeten even rustig de weg in het
bos bekijken en als jullie er allemaal bij zijn wordt het toch
niks. Als we nou meedoen, moeten we het wel goed doen.'

Er werd instemmend geknikt.

'Het lijkt me het beste een jongen en een meisje mee te nemen. We zullen loten.'

Els stak haar vinger op: 'Niet loten, meester. Wijst u er
maar twee aan.'

'Dat vind ik moeilijk,' antwoordde Brinkman.

De meeste kinderen wilden ook liever dat hij er twee zou aanwijzen. Loten vonden ze maar niks: dat deed je in groep drie, maar niet meer in zeven.

'Nou,' zei Brinkman, 'dan wijs ik aan... eh... bij de jongens: Rob.'

Veel kinderen begrepen wel waarom.

Dirk zei het ook op zijn bekende plechtige toon: 'Die jongen moet er eens uit. Hij heeft thuis een paar zware dagen achter de rug.'

Rob wist niet goed hoe hij kijken moest. Dirk had gelijk: het waren rotdagen geweest. Zijn vader had hem steeds weer verweten dat hij zich niet kon gedragen op school. Zijn vader schaamde zich voor hem: 'Wat moeten meester Wijnen en Brinkman daar wel niet van denken.' Rob voelde zich vanbinnen warm worden. Hij had nu in elk geval het bewijs voor zijn vader dat Brinkman niets meer dacht. Juist hij was nu uitgekozen! Daar kon zijn vader niets meer op zeggen. Nu kon hij eens met een goed bericht thuiskomen. Hij begon zich eindelijk weer prettig te voelen.

Niet lang, want Bart had zijn lange magere gestalte opgericht en riep keihard: 'Dat vind ik vals. Ik ga in het vervolg ook een andere jongen in elkaar slaan, dan word ik ook voorgetrokken.'

Het werd plotseling doodstil in de klas.

Heel even maar, want nu werd Brinkman kwaad. Hij sprong uit zijn stoel en bulderde: 'Wat is dat voor onzin? Heb jij dan geen enkel gevoel in je lijf? Moeten we nou eindeloos doorzeuren over dingen die voorbij zijn?'

Bart bleef Brinkman aanstaren. Hij vond dat hij wél gelijk had met zijn opmerking.

De meester liet zich weer in zijn stoel zakken: 'Nou, dat is dan geweldig. Je wordt bedankt!'

Het was nu ijzig stil. Brinkman hoorde zijn eigen stem galmen. Zacht ging hij verder: 'Bart, jongen, ik begrijp jou soms niet. Soms zeg je dingen die... ach, het heeft geen zin. We hebben het er al vaak over gehad. Je zou toch minstens kunnen proberen... laat eigenlijk ook maar!'

Bart begon achteloos in een boek te bladeren. Hij besloot verder zijn mond te houden. Misschien dat hij straks buiten nog wel wat tegen de klas zou zeggen. Hij begreep Brinkman trouwens ook zo vaak niet.

'We moeten nog een meisje kiezen,' ging de meester verder. 'Eens kijken...'

Els fluisterde tegen Mieke: 'Dat was maar kort!'

'Ach, die achterlijke Bart ook,' antwoordde Mieke.

'Nou, toch heeft Bart wel gelijk,' maar waarom Bart gelijk had kon Els niet zeggen, want er gebeurde weer iets.

De meester stond nog na te denken, toen Armando riep: 'U moet Anneke nemen!'

'Ja, ja,' begon iedereen.

Brinkman schrok. Hij begreep waarom ze Anneke wilden. Ook zij had 'een paar zware dagen achter de rug'. Hij had gehoopt dat de klas het al een beetje vergeten was, vooral voor Anneke. Nu begreep hij hoe stom het was om Rob te kiezen. Natuurlijk waren de kinderen dat van Anneke niet vergeten. Nu was het logisch ook Anneke mee te nemen.

Armando zat naar de knalrode Anneke te kijken. Hij zag de meester die zenuwachtig aan zijn snor frunnikte. Hij grijnsde en riep: 'Ik kies voor Anneke omdat... omdat... ik haar een hartstikke leuke meid vind.'

Een luid geloei en gejuich volgden.

Toen het wat rustiger werd, zei Dirk: 'Zojuist heeft Armando officieel verklaard dat hij op Anneke is!'

'Banzai,' riep Rolf erachteraan.

Brinkman was eigenlijk blij met al deze herrie. Hij vond het geweldig van Armando dat hij het gezegd had.

Anneke was nog steeds rood, maar nu om een andere reden.

Toen ze het gezicht van Armando zag, die met een overwinnaarsblik rondkeek, begon ze ook te lachen.

Verder was de klas weer één krijsende en tierende massa.

Bezorgd zag Brinkman de rest van de ochtend tegemoet. Het leek bijna onmogelijk deze troep wilde dieren weer rustig aan het werk te krijgen. Kwaad worden kon nu niet. Ook niet 'net doen alsof'.

Maar hij moest ze stil krijgen. Het was bijna kwart voor tien en Wijnen was al een paar keer langs het lokaal gelopen. Hij had bezorgd naar binnen gekeken. Eerst had

Brinkman zich er niets van aangetrokken, maar hij voelde dat het niet te gek kon worden.

Hij besloot een dictee te geven. Dat zou de gemoederen wel kalmeren. Toen hij de blaadjes liet uitdelen en op het bord het woord 'dictee' schreef, klonk er enig protest, maar het werd toch vlugger stil dan hij verwacht had. Hij dicteerde de eerste zin. Alles bleef stil, het leek bijna onvoorstelbaar dat het vijf minuten geleden een juichende en opgewonden groep kinderen was geweest. Brinkman haalde opgelucht adem. In alle vorige groepen waren de kinderen erg streng aangepakt. Hij wilde ze graag wat meer vrijheid geven. Dat lukte de laatste tijd al aardig, maar dan ineens leken ze weer een losgeslagen bende. Het was of Wijnen dat rook, want juist op die momenten keek hij naar binnen. Net lang genoeg om Brinkman te laten voelen hoe hij erover dacht. Op de ogenblikken dat ze bijvoorbeeld heel rustig in groepjes een of ander probleem aan het uitpluizen waren of met elkaar een kringgesprek hadden of kinderen een goed toneelstuk hadden bedacht en dat speelden, dan zag je Wijnen niet. Brinkman hoopte Wijnen er nog eens van te overtuigen dat het zo beter was. Maar hij was bang dat Maaike gelijk zou krijgen en hij beter weg kon gaan van deze school. Misschien aan het einde van het schooljaar. Dan zou hij deze klas moeten overgeven aan Wijnen. Wanneer hij zou blijven, kon hij zelf meegaan naar groep acht. Als Wijnen dat tenminste zou willen.

Waarom begreep Wijnen niet dat het eigenlijk te gek was om kinderen de hele dag keurig in een klas te laten zitten, netjes recht, met de armen over elkaar? Want dat wilde Wijnen het liefst.

Brinkman voelde zich vaak erg eenzaam tussen de andere leerkrachten op deze school. Zij hielden zich aan de regels van Wijnen. Sommigen zagen wel wat in de ideeën van Brinkman, maar als ze dan eens wat probeerden in hun groepen werd het vaak een rommeltje. Brinkman zei dan wel dat het kwam omdat ze het niet gewend waren, maar de meesten gingen dan maar weer door op de oude manier. 'Zo gaat het al jaren goed,' zeiden ze.

Brinkman hield vol. Hij voelde dat het steeds beter ging met zijn klas. Hij moest nog wel vaak boos worden, maar er was iets aan het veranderen. Hij vond trouwens van zichzelf dat hij nog te vaak uit zijn slof schoot. Zo was hij nu eenmaal.

'Meester, de volgende zin,' hoorde hij iemand zeggen.

Brinkman schrok op uit zijn gedachten. De kinderen hadden braaf zitten wachten op zin twee.

Brinkman glimlachte: 'Ja, ja, de volgende zin.' Hij dicteerde. Terwijl ze de zin opschreven, dwaalden zijn ogen door het lokaal. Wat waren het soms engeltjes. Tenminste, onder een dictee.

Hoofdstuk 6

Die middag kwam Wijnen tegen vieren het lokaal binnen. Brinkman liet de kinderen juist hun spullen opruimen. De meesten liepen rond om propjes weg te gooien, de planten water te geven, de hamster te voeren of zomaar, om af te spreken wat ze om vier uur zouden gaan doen. Mickey stond met Snuffie vlak bij de deur. De meester had alle ramen opengezet om eens flink door te luchten en Mickey was zover mogelijk van het raam gaan staan. De hamster heette niet voor niets Snuffie. Als het maar even tochtte, was ze al verkouden. Dan niesde ze de hele dag en de groep verbaasde zich over het geluid dat zo'n klein beestje nog kon maken.

Mickey stond net met haar rug naar de deur toen Wijnen binnenkwam. Met een ruk draaide ze zich om en gilde: 'Deur dicht! Zo wordt Snuffie weer ver...!' Verder kwam ze niet, want het drong ineens tot haar door dat Wijnen voor haar stond.

Wijnen keek streng naar het kleine meisje met de nog kleinere hamster. 'Is het jouw gewoonte om zo te gillen, meisje?'

Mickey sloeg haar ogen neer. 'Nee meester, maar ik was juist hier gaan staan omdat het zo tocht bij het raam en nou komt u binnen.' Het klonk bijna verontwaardigd zoals Mickey het zei.

Dat vond Wijnen ook, want hij zei: 'Ik vind dat jij nogal een brutale mond hebt. Hoe heet jij ook alweer, meisje?'

'Mickey, meester, en ik ben niet brutaal.' Mickey moest

haar hoofd bijna helemaal in haar nek leggen om Wijnen te kunnen aankijken.

'Nu is het wel genoeg,' snauwde Wijnen. 'Hou verder je mond, wil je!'

Mickey keek naar de grote gestalte voor haar en drukte de hamster dichter tegen zich aan. Ze staarde Wijnen met bange ogen aan.

Wijnen zag het. Hij bleef Mickey even strak aankijken, mompelde toen 'op je plaats' en liep door naar de meester.

Brinkman lag op zijn knieën voor het tafeltje van Armando. Armando stond te kijken hoe Brinkman zijn kastje inruimde. Wijnen ging naast Armando staan en kuchte. De meester keek op.

'Sinds wanneer ruimen meesters de kastjes van hun leerlingen in?' vroeg Wijnen niet onvriendelijk.

Brinkman stond op en antwoordde, terwijl hij in de richting van Armando knikte: 'Onze vriend Armando heeft zojuist een lesje gehad: hoe ruim ik mijn kastje in.'

Wijnen ging er verder niet op in.

Gelukkig, dacht Armando. Wijnen hoefde niet te weten dat het bij hem altijd een chaos was en dat hij bij de leesles van vanmiddag pas tegen het einde van de les zijn leesboek gevonden had.

Intussen had Wijnen zacht staan fluisteren met Brinkman en was toen de klas uitgelopen. Bij de deur stond Mickey nog steeds. Wijnen zag haar niet of deed in ieder geval net alsof.

De bel ging. De meester stuurde iedereen naar zijn plaats. Hij drukte de kinderen nog eens op het hart de repetitie over Engeland voor morgen goed te leren en riep toen: 'En nu allemaal weg, ik wil jullie nooit meer zien!'

64

Er volgde een luid gejuich en druk pratend en lachend gingen de kinderen de school uit.

Brinkman bleef bij de deur van het stille klaslokaal staan en dacht na. Toen Wijnen daarnet met hem had staan fluisteren had hij nogal kortaf gevraagd of Brinkman om vier uur even bij hem wilde komen. Waarschijnlijk had hij het op een gewone manier willen zeggen, zoals hij wel meer voor een kleinigheidje langskwam. Door de gebeurtenis met Mickey was hij uit zijn humeur geraakt en daarom had hij het op zo'n manier gezegd, dat Brinkman voelde dat voor zijn directeur de maat vol was. De vele kleine meningsverschillen tussen hem en Wijnen konden niet zonder gevolgen blijven.

Hij herinnerde zich weer wat Maaike gisteravond zei: 'Je moet naar een andere school, Jan. Er zijn heus wel scholen waar jij met jouw ideeën terecht kunt en waar je wél met de directeur kunt opschieten.' En toen, alsof de naald op een grammofoonplaat bleef hangen: 'Je moet naar een andere school, Jan... je moet naar een andere school, Jan...'

Het bleef maar doorhameren in zijn hoofd: 'Je moet naar een andere school, Jan...'

Pas toen hij aanklopte bij Wijnen en het kamertje binnenstapte, hield het op.

Wijnen zat achter zijn bureau. 'Ga zitten, Jan,' en hij wees naar een stoel.

Brinkman plofte neer en draaide aan zijn snor.

Het bleef even stil. Wijnen stond op en liep door de kamer heen en weer.

'Jan,' begon hij, 'ik heb eens nagedacht. Ik geloof... dat...' Wijnen aarzelde even. 'Ik geloof dat het verstandiger is als je, laat ik zeggen eeeh... eind van dit jaar, naar een andere school zou gaan... Wij verschillen nogal van opvatting hoe je kinderen lesgeeft. Ik geloof dat wij het nooit eens zullen worden.'

Brinkman had dit verwacht. Was het nú niet gebeurd, dan volgende week of aan het einde van het schooljaar. Hij had het nooit tegen Maaike gezegd. Waarom wist hij eigenlijk niet. Misschien omdat hij het zelf niet geloven kon. Het ging toch goed met zijn groep? Er werd net zo hard gewerkt als in andere groepen. Het was alleen *anders* in zijn klas. Of moest hij zeggen: anders geworden?

En nu... nu zou hij aan het einde van het schooljaar weg moeten. Want dat bedoelde Wijnen. Hij wilde Brinkman de kans geven uit zichzélf weg te gaan... anders zou Wijnen wel een manier vinden om hem weg te krijgen. Hij werd domweg weggestuurd. Natuurlijk waren er scholen waar hij terecht kon met zijn ideeën, waar ook de directeur anders was. Maar dat vond Jan Brinkman nú niet zo belangrijk. Het ging nú om zijn groep.

Wijnen was gaan zitten en vervolgde: 'Kijk, Jan, laten we er niet omheen draaien. Wij liggen elkaar nu eenmaal niet. Jij vindt dat je het erg goed doet in je groep; ik vind het eerlijk gezegd maar matig. De kinderen worden te vrij. Jij wil ze leren hun vrijheid goed te gebruiken; ik geloof daar eerlijk gezegd niet in. Een groep heeft duidelijk leiding nodig. Natuurlijk geef ik toe dat kinderen wat vrijheid nodig hebben. De hele dag in een klaslokaal valt ook niet mee. Maar te veel vrijheid is niet goed. Dat groeit je boven het hoofd. Dat wordt een rotzooitje. Jij zegt dan wel: je moet het risico nemen van een beetje chaos, anders leren de kinderen het nooit, maar ik vind dat te ver gaan.'

Wijnen had op een eentonige manier gesproken. Het was duidelijk dat zijn besluit vaststond. Hij gaf Brinkman niet eens de gelegenheid wat terug te zeggen. Wijnen vertelde trouwens zelf al wat híj dacht dat Brinkman zou zeggen om zich te verdedigen.

'Verder heb ik de indruk,' ging Wijnen verder, met dezelfde eentonige stem, 'dat jij je niet aan mijn beslissingen houdt. Een van de ouders van een kind uit jouw groep heeft mij vanmiddag gebeld: je hebt tóch gesproken over die kwestie met Anneke. Dat lijkt me, achteraf gezien, door de nogal vrije sfeer in jouw klas ook haast onvermijdelijk.'

Brinkman wilde zeggen dat het juist goed was, die vrije sfeer, hij wilde zich verdedigen, hij wilde weten welke ouder gebeld had, hij wilde... Maar het was alsof hij zich moe voelde, te moe om iets te zeggen. Het had geen zin meer om nog te praten met Wijnen. Diens besluit stond vast. Hij moest verdwijnen.

Weg van Wijnen, weg van zijn groep.

Het had trouwens geen zin om sentimenteel te doen over 'zijn klas'. Op andere scholen waren ook klassen. Als hij daar een halfjaar zat, dan zou hij ze allemaal vergeten zijn: Mickey, Rob, Jan-Wim, Armando en de anderen. Dan waren er weer nieuwe Mickey's en Armando's die zíjn groep zouden zijn.

Wijnen vroeg nu wat hij ervan vond.

Jan Brinkman slikte even: 'Ik zal naar een andere school uitzien.'

'Ik neem aan dat je hier wél het schooljaar afmaakt?' vroeg Wijnen.

Brinkman knikte.

'Volgend jaar in groep acht neem ik ze over. Dan zal ik er weer uiterst snel een normaal klasje van maken!'

Brinkman stoof overeind. Die laatste opmerking van de directeur bracht het oude vuur in hem terug. 'Nu ontplofte hij,' zouden de kinderen zeggen. Brinkman sloeg met zijn

68

gebalde vuist op tafel: 'Dat vind ik een rotopmerking, Wijnen,' bulderde hij. 'Mijn groep is een normale groep. De
normaalste groep die hier op school rondloopt. Volgend
jaar mag je er weer een stelletje opgeprikte poppen van
maken, die meteen in de houding vliegen als de meester
binnenkomt. Die alleen maar luisteren omdat je dreigt met
strafwerk. Maak jij er maar weer een stelletje...' Verder
kwam hij niet. Hij zakte terug in zijn stoel: 'Ach, laat ook
maar... ik zeg dingen die niet helemaal waar zijn. Ik bedoel... ach, het is goed zo.'
Wijnen keek hem aan en zei toen op welwillende toon:
'Neem me niet kwalijk, Jan, die laatste opmerking had ik
beter niet kunnen maken. Vergeet het!'
Het bleef lange tijd stil.
Wijnen rommelde wat in zijn papieren en Brinkman frunnikte aan zijn snor. Twee volwassen mensen die alle twee anders dachten over de school, de kinderen. Twee mensen die zo
ver van elkaar afstonden en daarom dingen hadden gezegd
die ze eigenlijk niet wilden zeggen. Jan Brinkman stond op.
Wijnen stak zijn hand uit: 'Kom, Jan, al zijn we niet elkaars beste vrienden, elkaars vijanden hoeven we toch ook
niet te zijn.'
Brinkman aarzelde even, draaide zich toen om en liep het
kamertje uit.
Wijnen liet zijn hand zakken en zuchtte: 'Dan niet, stijf-
kop.'
Toen Brinkman even later de school uitliep, keek de directeur hem na door het raam. Daarna liep Wijnen nog een
keer de school door, zoals hij altijd deed voor hij naar huis
ging. Hij opende de deuren van alle lokalen en liet zijn blik
over alles gaan. Als er ergens nog een raam openstond, deed
hij het dicht. In het lokaal van Brinkman bleef hij even

staan. Door het raam scheen het licht van een straatlantaarn naar binnen. Het scheen juist op de hamsterkooi. Snuffie, die de deur hoorde opengaan, stak nieuwsgierig haar kopje boven het zaagsel uit.

Wijnen glimlachte. Toen herinnerde hij zich plotseling het meisje dat vanmiddag voor hem had gestaan met die hamster. Weer zag hij voor zich hoe zij de hamster angstig tegen zich aandrukte en hem met grote bange ogen aankeek. Zij was bang voor... Wijnen schrok. Hij draaide zich met een ruk om en duwde met een harde klap de deur achter zich dicht. Daarna liep hij door naar de andere lokalen. Toen hij even later de schooldeur op slot draaide, mompelde hij: 'Brinkman heeft niet eens gevraagd of hij hier wel dieren mocht houden!'

Hoofdstuk 7

De volgende dag was een woensdag. Die middag zouden Anneke en Rob meegaan naar het IJsselse Bos. Na het laatste gesprek met Wijnen had Jan Brinkman er eigenlijk geen zin meer in. Hij had bij Maaike zijn nood zitten klagen en zich flink kwaad gemaakt over Wijnen. Maaike had geprobeerd hem ervan te overtuigen dat het zo beter was. 'Als Wijnen niet de knoop had doorgehakt, was jij waarschijnlijk toch gebleven voor de kinderen,' zei ze. 'Dan waren de ruzies met Wijnen zeker nog erger geworden.' En ze vond het een beetje overdreven om voor de kinderen te blijven. Na een paar maanden zouden ze hem allang vergeten zijn.

Hij had geknikt, maar diep in zijn hart voelde hij, dat het moeite zou kosten om op deze manier van zijn groep afscheid te nemen. Hij probeerde zichzelf voor te houden dat het geen gemakkelijk stelletje was. Hoe vaak moest hij niet uit zijn slof schieten, kinderen waarschuwen, wachten tot het stil was. Maar toch...

De ochtend van die woensdag was hij naar Wijnen gelopen en had zijn hand uitgestoken. Hij wist zelf niet of hij het nou meende of niet, maar hij voelde dat het beter was.

Wijnen glimlachte en zei: 'Dus toch. Ik ben blij toe. We moeten nou eenmaal nog een paar maanden met elkaar samenwerken.'

Brinkman kon zich met moeite inhouden, maar bijna had hij gezegd: 'Ja, ja sámenwerken, zeg dat wel.'

'Ik zal alle medewerking verlenen,' ging Wijnen bijna opgelucht verder, 'om een andere school voor je te vinden. Akkoord?'

Brinkman knikte en mompelde: 'Het is beter zo.' Daarna liep hij terug naar zijn lokaal. Het leek alsof het ook voor hem gemakkelijker was geworden. Alsof hij beter kon berusten in alles. Even later kwamen de kinderen binnen. Hij probeerde er niet meer aan te denken.

Dat lukte trouwens snel, want verschillende kinderen hadden een stuk uit de krant meegenomen. Het ging weer over de autorace. Dit keer was het een gesprek met de voorzitter van de vereniging voor oude automobielen. Hij riep iedereen op om mee te doen met de wedstrijd. Vooral voor de gezelligheid!

Brinkman las het stuk uit de krant voor en vertelde nog eens uitvoerig over zijn telefoongesprek met de voorzitter. Daarna gingen ze de repetitie over Engeland maken en wat sommen bespreken.

Het leek vanochtend wel of de kinderen iets vermoedden. Ze waren opvallend rustig, vond Brinkman. Misschien was het ook maar verbeelding, maar hij zou het vanavond toch tegen Maaike zeggen.

's Middags tegen tweeën stonden Anneke en Rob voor de school te wachten.

'Ik vind het hartstikke goed dat ik meemag,' zei Rob. 'Mijn vader snapte er geen bal van.'

In de verte kwam nu de groene eend aanrijden. Even later stopte hij met een luide knal voor de school. De meester maakte van binnenuit de deur open en riep lachend: 'Taxi! Wilt u instappen en de deur zachtjes dichtdoen?'

Ze kropen op de achterbank en met enig gekraak reed de auto weg. Al snel waren ze de stad uit en na een kwartiertje stonden ze aan de rand van het IJsselse Bos. Daar lag ook het huis van de boswachter. Brinkman stapte uit om de boswachter te vragen hoe hij het snelst met de auto bij het zandpad kwam.

Anneke en Rob zagen vanuit de auto hoe de meester aanbelde. Toen de deur openging en een grote gestalte verscheen, dook Rob omlaag.

'Die kerel ken ik,' siste hij tegen Anneke. 'Die heeft een keer op zijn fiets achter Dirk en mij aangezeten.'

'Waarom?' vroeg Anneke nieuwsgierig.

'Nou gewoon, we hadden wat gedaan!'

'Wat dan?'

'Dat weet ik echt niet meer,' kreunde Rob, die nu langzamerhand kramp kreeg, omdat hij bijna dubbelgevouwen tussen de voor- en de achterbank zat geklemd.

Hij wist het inderdaad niet. Hij had al zo vaak kattenkwaad uitgehaald, dat hij vergeten was wat hij in het bos had gedaan.

'Ik weet nog wel,' kreunde Rob verder, 'dat ik doodsbang was. Die kerel is nog twee maten groter dan onze meester. Als die je in je nek grijpt!'

De deur van de auto ging open en Rob keek schichtig op vanuit zijn schuilplaats. Het was Brinkman, die verbaasd vroeg wat dit voorstelde. Toen Rob vertelde waarom hij zich zo dubbelvouwde, schoot de meester in de lach en startte de auto. Hij trok Rob tussen de banken uit, terwijl hij riep: 'Laten wij dan maar gauw maken dat we wegkomen.'

Ze reden het bos door en vonden al snel het zandpad.

Ze stapten uit.

Rob keek met een kennersblik naar het hobbelige pad, dat zich voor hem uitstrekte. 'Nou, meester, dat wordt een

zware rit, als ik dat zo zie. Dirk kon wel eens gelijk krijgen.'
Anneke giechelde: 'Zou u wel meedoen? Als ik al die kuilen zie...!'
'Natuurlijk doet-ie mee!' Rob begon al bang te worden dat ze alles verknoeide. Hij moest er niet aan denken dat hij morgen tegen de groep zou moeten zeggen: 'Op aanraden van Anneke en mij doet hij níet mee!' Daarom vervolgde hij snel: 'Je hoeft toch niet zo hard te rijden.'
'En u kunt om de grote kuilen heen rijden,' voegde Anneke eraan toe.
Brinkman stapte weer in en zei: 'Kom, we rijden een stukje, dan merken we het wel.'
De kinderen stapten weer in. Anneke ging achter de meester zitten en Rob kwam naast haar. Toen de auto begon te rijden, waarschuwde Brinkman: 'Houd je vooral goed vast.'
Ze klemden hun handen stevig om de rugleuning van de voorbank.
De oude eend deed het nog goed. Het was wel een vreselijk gehots en gestoot, maar ze kwamen vooruit. Behendig draaide de meester om al te diepe kuilen heen. De motor gierde en boven het lawaai uit riep Brinkman: 'Het gaat goed.'
'Ja,' gilden Rob en Anneke tegelijk.
Lachend keken ze elkaar aan. Het was een machtig gevoel. Ze leken wel een expeditie in een bijna ondoordringbaar oerwoud. Moeizaam zochten zij de weg naar nieuwe fantastische ontdekkingen.
'Hartstikke goed,' brulde Rob. 'Zet 'm op, meester!'
'Houd je goed vast,' riep Brinkman terug. 'We gaan iets harder.'
Het schokken en stoten werd heviger, maar eigenlijk kwamen ze nog maar langzaam vooruit.

'Harder,' moedigde Anneke aan.

Ze kwam al bijna niet meer boven het geraas van de motor uit. De meester gebaarde met zijn hand en haalde zijn schouders op om aan te geven dat hij niets verstond.

Rob ging nu zo ver mogelijk over de leuning van de voorbank hangen en schreeuwde: 'Harder! Zo winnen we nooit.' Brinkman schudde 'nee'.

Ze naderden een bocht. Rustig draaide Brinkman aan zijn stuur.

'Goed zo,' juichte Rob enthousiast, 'wat een stuurbeheersing.'

Vlak voorbij de bocht lag een diepe kuil. De meester zag hem te laat om er nog omheen te rijden.

'Zitten,' riep Brinkman tegen Rob, die nog steeds naast hem over de voorbank hing.

Het was al gebeurd. Anneke gilde.

De auto maakte een heftig schokkende beweging, waardoor Rob schuin naar achteren schoot. Met een doffe klap sloeg hij met zijn hoofd tegen de rand van de zijdeur.

Langzaam kwam de auto tot stilstand.

'Meester, meester,' stamelde Anneke.

Brinkman draaide zich om en duwde het zware lichaam van Rob, dat slap voorover lag, voorzichtig terug op de achterbank. Zijn ogen waren gesloten. Hij zag bleek. Uit zijn mond sijpelde wat bloed.

'We moeten eruit,' zei de meester toonloos tegen Anneke.

Terwijl hij uitstapte, voelde hij zijn hele lichaam trillen. Hij liep om de auto heen en maakte bij Rob de deur open. Ongerust boog hij zich over de jongen en tikte tegen zijn gezicht.

'Rob, hoor je me? Rob, geef antwoord.'

Het bleef stil. Rob was bewusteloos.

Alleen het zachte snikken van Anneke was hoorbaar. Haar was niets overkomen. Ze was alleen erg geschrokken. Nog steeds zat ze in de auto en keek angstig naar Rob.

'Kom, je moet uitstappen,' zei de meester, 'we moeten hem helpen.'

Ze keken elkaar aan. Anneke zag bleek. Ze zou het liefst vreselijk willen huilen. Brinkman zag het en zei bijna streng: 'Vooruit nou! Rob kan niet zo blijven liggen.'

Anneke knikte en stapte uit.

Toen zij naast Brinkman stond gaf hij zijn jas aan haar. Ze moest hem uitspreiden aan de kant van de zandweg. Anneke legde de jas op de grond. Haar eigen jas ernaast.

Voorzichtig tilde de meester Rob uit de eend en droeg hem naar de jassen. Weer probeerde hij door zachtjes op Robs wang te tikken en zijn naam te roepen hem bij bewustzijn te brengen.

Het lukte.

Rob opende even zijn ogen en kreunde. Uit zijn mond sijpelde nog steeds bloed.

'Rob, Rob, hoor je mij?' vroeg Brinkman.

Rob probeerde te spreken. Met moeite kon hij zeggen: 'Pijn, meester, pijn.'

'Het komt wel goed, Rob,' ging Brinkman zachtjes verder. 'We zullen je helpen. Probeer flink te zijn. Het komt allemaal goed. We zijn bij je.' Hij probeerde net te doen alsof het niet erg was, maar diep in zichzelf voelde hij zich wanhopig.

Anneke zat een eindje verderop in het gras, de handen voor het gezicht geslagen.

'Anneke, kom hier,' beval Brinkman.

Met betraande ogen kwam ze aanlopen.

De meester legde zijn handen op haar schouders en zei: 'Luister goed, Anneke. Ik moet zo snel mogelijk hulp halen. Blijf bij Rob zitten. Je moet nu flink zijn. Alleen zó kunnen we Rob helpen.'

Anneke veegde haar tranen weg. Ze keek even naar de trillende handen van Brinkman, die druk gebaarden.

'Hoor je wat ik zeg, Anneke?' vroeg Brinkman nadrukkelijk.

'Ja meester,' antwoordde Anneke zacht.

'Luister,' ging Brinkman gejaagd verder. 'Jij gaat bij Rob zitten en praat tegen hem. Het geeft niet wat je zegt. Als je denkt dat hij weer flauwvalt, tik je zachtjes tegen zijn gezicht. Laat Rob af en toe ook wat zeggen. Vraag steeds of hij je hoort. Zorg dat hij niet meer flauwvalt. Ik ga proberen zo gauw mogelijk hulp te vinden.' Hij pakte haar hand vast en kneep erin: 'Heb je me gehoord? Je móét nu flink zijn. Jij alleen kunt Rob nu helpen.'

Anneke knikte. Ze liet zich op haar knieën naast Rob zakken en begon te praten. Steeds weer vroeg ze of Rob haar hoorde. Hij antwoordde door zacht te kreunen. Anneke had nog nooit van haar leven zoveel gepraat. Ze zei steeds dat het best meeviel en dat alles goed kwam. Dat ze veel moest praten van de meester en dat hij dat nog nooit had gezegd tegen de klas. Ze vertelde over thuis, over haar broertjes, over de aardrijkskunderepetitie, die ze zo slecht had gemaakt. Als ze niks meer wist begon ze weer van voren af aan.

Ondertussen was Brinkman een stukje doorgereden en had een eind verderop de eend gedraaid. In volle vaart reed hij terug over het zandpad. Het was nu een echte race. Hij zette zich af tegen het stuur en probeerde steeds weer de diepste kuilen te ontwijken. Hij werd flink door elkaar geschud, maar hij voelde dat elke minuut nu belangrijk was. Als hij zo zou rijden met de race, dan won hij zeker, flitste het door hem heen. Hij schrok van zichzelf dat hij nu nog aan de race dacht.

Eindelijk bereikte hij de boswachterswoning. Toen hij stopte en zonder kinderen uitstapte, begreep de boswachter al dat er iets gebeurd moest zijn.

Brinkman legde hem kort uit wat er aan de hand was en de boswachter verdween direct naar binnen om een ziekenauto te bellen.

Brinkman draaide zijn auto weer en reed terug naar de plaats van het ongeluk. Vlak voor de bocht remde hij af en reed stapvoets verder.

Anneke zat nog steeds te praten. Ze vertelde nu al voor de vijfde keer dat ze vanmorgen de Engelse industriegebieden niet wist.

Brinkman knielde zachtjes neer naast Rob. 'Rob, hoor je mij? Er komt hulp. Ze zijn al onderweg. Nu komt alles goed. Hoor je me?'

Even tilde Rob zijn hand op: hij had het gehoord.

Brinkman nam het nu over van Anneke en bleef praten. Hij stelde Rob voortdurend gerust. Tot ze eindelijk in de verte de sirene van een ziekenauto hoorden. Brinkman stond op, liep hem tegemoet en leidde de wagen voorzichtig de bocht om.

Toen de verplegers uitstapten, vertelde hij kort wat er gebeurd was. De twee verplegers legden Rob op een brancard en droegen hem naar de ziekenauto.

De boswachter, die mee was gereden om de weg te wijzen, bleef achter bij Anneke en de meester. Hij raadde de verplegers aan rechtdoor het zandpad af te rijden, dan waren ze in ieder geval het snelst van deze hobbelige weg af.

Toen de ziekenauto stapvoets wegreed, draaide Brinkman

zich om naar Anneke: 'Je bent geweldig geweest, Anneke,' zei hij zacht.

Anneke begon nu hartstochtelijk te snikken.

Hij sloeg zijn arm over haar schouders en zei: 'Kom, we gaan gauw naar huis.' Hij zette haar achter in de eend en de boswachter stapte voorin.

Ook zij reden stapvoets terug, voorzichtig om alle kuilen heen draaiend.

In de boswachterswoning kregen ze wat te drinken en Brinkman belde er de moeder van Rob. Ze zou meteen naar het ziekenhuis gaan. Brinkman probeerde haar gerust te stellen: een van de verplegers had gezegd dat er kans was dat het meeviel.

Hierna bracht hij Anneke naar huis. Haar moeder zei niet veel. Ze keek hem alleen met grote verwijtende ogen aan. Op dat ogenblik drong pas goed de vreselijke waarheid tot Jan Brinkman door.

De kinderen hadden in *zijn* auto gereden. *Hij* had aan het stuur gezeten. Dit alles was *zijn* schuld. Door *hem* lag Rob nu in het ziekenhuis. Voor hoe lang?

Toen hij even later naar het ziekenhuis reed, probeerde hij zijn gedachten te ordenen. Er was kans dat het meeviel. Maar als dat niet zo was, als Rob voor zijn verdere leven ongelukkig zou zijn... Weer zag hij die ogen vol verwijt van Annekes moeder.

Op de parkeerplaats van het ziekenhuis bleef hij een tijd in zijn auto zitten. Hij voelde zich wanhopig.

Pas na een halfuur vond hij de moed om uit te stappen.

Langzaam slenterde hij naar de hoofdingang van het ziekenhuis.

Met angst in zijn hart.

Hoofdstuk 8

De verpleger in het bos bleek gelijk te hebben: het had er
erger uitgezien dan het was. Eenmaal in het ziekenhuis liep
Brinkman direct door naar de kinderafdeling, en de zuster
daar vertelde dat Rob een zware hersenschudding had, maar
er was goede hoop dat hij er met voldoende rust weer bo-
venop zou komen.

Rob lag alleen op een kamer. Zijn vader en moeder waren
nu bij hem. Verder mocht hij geen bezoek hebben. 'Abso-
lute rust,' had de dokter bevolen. Alleen zijn ouders mochten hem per dag een kwartiertje bezoeken, maar verder
voorlopig niemand.

Jan Brinkman besloot voor de deur van de kamer, waar Rob
lag, te wachten. Hij liep wat heen en weer en probeerde zijn
gedachten te ordenen. Over een paar minuten zouden Robs
ouders naar buiten komen. Hij was bang voor deze ont-
moeting. Hij zag weer het gezicht van de moeder van Anneke: een en al verwijt.

Was het allemaal zijn schuld? Natuurlijk, *zijn* auto, *hij* achter het stuur. Maar iedereen kon dit toch overkomen? Hij
had voorzichtig gereden. De kinderen wilden dat hij harder
ging, maar dat had hij niet gedaan. En toch... hij voelde
zich schuldig: het was *zíjn* auto, *hij* achter het stuur, hamerde het opnieuw door zijn hoofd.

Wat zou hij zo dadelijk tegen de ouders van Rob moeten
zeggen? Zich verontschuldigen, zeggen dat het hem speet?
Kon hij maar nadenken en de juiste woorden vinden.

De deur ging open.

Brinkman zag nog net het bed in de kamer, het bleke gezicht van Rob, de gesloten ogen. Hij rilde.

Robs moeder snikte zachtjes. De vader probeerde haar te
troosten, terwijl hij de deur dichtdeed.

'Dag mevrouw, dag meneer,' zei Brinkman zachtjes.

De vader keek hem strak aan. Jan Brinkman zag nu hoe
sprekend Rob op zijn vader leek.

'Hoe is het met Rob?'

De vader kneep zijn ogen samen en zei kortaf: 'Wat doet u hier, meneer, gaat u toch weg!'

Brinkman aarzelde, het was of zijn maag werd samengeperst, het zweet stond hem in zijn handen. Uiterlijk probeerde hij kalm te blijven. 'Meneer Van der Velde,' zei hij bijna fluisterend, 'kunnen we misschien even rustig praten? Beneden in de hal van het ziekenhuis of zo?'

'Wij hoeven niet meer te praten, meneer. U bent verantwoordelijk, het is allemaal uw schuld.'

'Kalm toch,' drong de moeder aan, terwijl zij haar man bij de arm greep. 'Je mag de meester geen verwijten maken, het is niet eerlijk. Hij wilde de kinderen een plezier doen.'

'Een mooi plezier!' Robs vader moest moeite doen om zijn woede in te houden. 'Het was volkomen onverantwoord. Daar ligt onze zoon, misschien is hij wel voor zijn leven ongelukkig. Door uw schuld, meneer Brinkman!'

Het leek alsof het woord 'schuld' nog nagalmde in de hoge gangen van het ziekenhuis.

De moeder probeerde haar man te kalmeren: 'Maak hier nou geen ruzie, Bert, laten we het toch rustig bespreken.' Ze draaide zich nu naar Brinkman: 'Wilt u vanavond niet even langskomen, dan kunnen we...'

De vader onderbrak haar ruw: 'Daar komt niets van in. Ik wil Brinkman niet meer zien. Gaat u toch weg, meneer!'

Jan Brinkman aarzelde: 'Kunnen we nou niet als redelijke mensen met elkaar praten, meneer Van der Velde?' Toen hij het had gezegd, kreeg hij al spijt. Het had geen enkele zin nu door te drammen. Hij kon inderdaad beter weggaan.

Hij draaide zich om, liep de gang door, de trap af en naar buiten. Daar haalde hij een keer diep adem. Hij had gehoopt op een rustig gesprek met Robs ouders. Hij had gehoopt dat hij hen ervan zou kunnen overtuigen dat het niet zijn schuld was. Maar nu twijfelde hij aan zichzelf. Er was niets opgelost.

Hij begreep nu dat dit pas het begin was. Er zouden hem nog veel meer moeilijkheden wachten: Robs vader zou niet de enige zijn die hem de schuld gaf van alles.

Toen hij in de oude eend stapte, zag hij op de achterbank een paar druppels opgedroogd bloed liggen. Hij huiverde en sloeg wanhopig zijn handen voor zijn gezicht.

Hoofdstuk 9

Het bericht dat er een ongeluk was gebeurd bij de rit in het IJsselse Bos verspreidde zich snel onder de kinderen. De volgende morgen wist bijna de hele groep er al van. Op de speelplaats stonden de meeste kinderen rondom Anneke, die zo goed mogelijk probeerde te vertellen wat er gebeurd was. Els wilde weten of de meester hard gereden had. Anneke schudde heftig nee: 'Hij reed heel rustig en waarschuwde ons steeds dat we ons goed vast moesten houden.' Dirk was gisterenavond nog naar Robs huis geweest. Hij vertelde dat Robs vader woest was op Brinkman. 'Die kerel heeft volkomen onverantwoord gehandeld,' bromde hij, om de zware stem van de vader na te doen.

'Rob heeft een zware hersenschudding,' stelde Mieke vast.

'Het is best goed,' ging Dirk verder, 'dat zijn hersenen eens een keer flink door elkaar worden geschud.'

Armando grinnikte: 'Wie weet wordt hij wat rustiger.'

'Wat doen jullie rot,' snauwde Els. 'Hij is jullie beste vriend.'

'Daarom juist,' antwoordde Dirk. 'Wij weten wat goed voor hem is.'

Anneke vond het ook maar rare opmerkingen: 'Je zult daar maar liggen in het ziekenhuis. Mijn moeder zegt dat het wel drie maanden kan duren.'

'En dat is allemaal de schuld van Brinkman,' klonk plotseling de stem van Bart. Hij stond aan de buitenkant van de groep kinderen en zijn lange magere gestalte stak boven de anderen uit. Bijna triomfantelijk keek hij nu de kinderen aan.

Even bleef het stil, maar toen barstte er een hels kabaal los. Het leek alsof de groep zich in tweeën splitste. De ene helft was voor Anneke, die volhield dat de meester geen schuld had. De andere helft koos voor Bart.

Bart vond in Marianne een felle bondgenoot. Toen zij gisteren het nieuws hoorde, had zij haar vader gevraagd Robs vader te bellen. Die twee werkten allebei op dezelfde fabriek en kenden elkaar vrij goed. De vader van Marianne had uitvoerig te horen gekregen wat er gebeurd was en Marianne was er nu van overtuigd dat het allemaal Brinkmans schuld was. Ze stond naast Bart en liet duidelijk horen hoe ze erover dacht: 'Onze meester heeft onvoorzichtig gereden, zegt Robs vader. Zo gevaarlijk is die weg in het bos niet, anders zouden ze er geen race op gaan houden. Onze meester heeft niet goed uitgekeken en daar is Rob het slachtoffer van geworden.'

Er volgde nu een oorverdovend gekrijs en geschreeuw. Iedereen wist het beter. Anneke en Marianne stonden met elkaar te bekvechten en het begon op een ruzie te lijken. Zelfs Rolf, die anders alleen maar aan voetballen dacht, deed mee aan het geschreeuw. Eigenlijk wist hij niet goed wat hij ervan moest vinden. Hij wist alleen dat ze Rob een hele tijd zouden moeten missen in het schoolelftal. Ze zouden nu wel eens hun kansen kunnen verspelen om kampioen van de stad te worden.

Plotseling gebeurde er iets.

Iets dat nog nooit iemand had meegemaakt: Dirk werd kwaad.

Dirk, die altijd en overal kalm bleef, die hoogstens een keer 'Banzai' riep, werd vuurrood en brulde keihard: 'Stelletje kaffers, sta niet te schreeuwen als een stel idioten. Luister toch naar Anneke! Die was er toch zelf bij!'

'Dirk is kwaad,' stamelde Rolf verbaasd.

Het rode hoofd van Dirk begon Armando op de lachspieren te werken. 'Dirk wordt tomatig,' gierde hij.

'Dat kan me niks schelen,' beet Dirk hem toe.

Het bleef even stil.

Marianne verbrak de stilte door fel te roepen: 'Maar Robs vader zei zélf dat het onze meester zijn schuld is. Nou, wie zou het nog beter weten dan Robs vader!'

Weer barstte er een enorm tumult los. Dirk stond op het punt om Bart aan te vliegen, toen de bel ging. Els draaide zich om naar de weg en stootte Mieke aan: 'Hij is er nog niet!'

Ze liepen achter de drukpratende groep aan. Pas bij de deur werd iedereen weer rustig. Fluisterend schoven ze langs Wijnen naar binnen.

Ze zaten nog maar net op hun plaats of Wijnen stond al in de deuropening. Hij hoefde niet lang te wachten tot het stil was. Bijna plechtig liep hij het lokaal in en ging voor het bord staan.

'Meisjes en jongens,' begon hij. 'Jullie meester is er vandaag niet. Gisteren, bij het ongeluk in het IJsselse Bos, waar twee klasgenootjes van jullie bij waren, heeft ook meester Brinkman enkele verwondingen opgelopen. Voorlopig blijft hij een dag of tien thuis om weer wat op verhaal te komen.'

Er ging een onderdrukt gemompel door de klas. Het meest verbaasd keek Anneke. Daar had zij gisteren niets van gemerkt. Meester was wel erg geschrokken, maar verwondingen, zoals Wijnen zei, had zij niet gezien.

'Ja, het is nu weer stil,' ging Wijnen droog verder. 'In deze tijd zal er een vervanger komen. Het lijkt mij de beste oplossing dat de vervanger zolang mijn groep overneemt, en ik bij jullie kom. De groep is nogal eeeh... druk.'

'Tssss...' siste Mieke, net iets te hard.

'Had Mieke Wagenaar nog iets op te merken?' klonk het nu afgebeten.

'Nee, meester,' en Mieke boog haar hoofd.

Els zat al naar beneden te kijken. Niet van schaamte, maar van het lachen. Met moeite kon ze zich stil houden. Die rare Mieke ook, die er maar alles uitflapte.

Wijnen gaf intussen opdracht de rekenboeken te pakken. Hij deelde blaadjes uit en zette de kinderen aan het werk. Na de mededeling dat hij nog enkele dingen moest regelen en dat hij niemand wenste te horen, verliet hij de klas. De deur bleef openstaan.

Niemand durfde wat te zeggen, want af en toe beende Wijnen het lokaal langs, scherp naar binnen kijkend.

Na een halfuur van ijzige stilte en Wijnen die steeds onverwachts langs liep, schoof Els een briefje naar Mieke: 'Ik moet zo nodig. Afzender Els.'

'Ga dan aan hem vragen of je mag,' fluisterde Mieke.

'Ik durf niet,' antwoordde Els.

De hele groep keek nu naar de twee meisjes. Mieke zat te lachen en zei zachtjes tegen de anderen: 'Els moet zo nodig, maar ze durft niet.'

Er klonk gegrinnik.

'Schiet nou toch op, joh' en Mieke gaf Els een flinke duw. 'Dadelijk doe je het in je broek. Nou, dán moet je Wijnen horen.'

Els stond op en liep de klas uit. In de gang was Wijnen niet. Dan maar naar zijn kamertje, dacht Els. Ze vond het trouwens belachelijk dat ze het moest vragen. Bij Brinkman kon je gewoon gaan als het nodig was. Ze wist van de kinderen uit Wijnens groep dat je alles bij hem altijd moest vragen.

Voor het kamertje bleef Els staan. De deur stond op een kier. Duidelijk hoorde ze binnen stemmen. De stem van Wijnen en de nogal opgewonden stem van iemand anders.

Ze wilde aankloppen toen ze Wijnen hoorde zeggen: 'Zover ik kan nagaan heeft Brinkman geen schuld. Nogmaals, die Anneke heeft zelf gezegd, dat hij rustig reed en uw zoon zal dat zeker ook zeggen wanneer hij zich wat beter voelt.'

Met een schok drong het tot Els door dat Wijnen met de vader van Rob zat te praten. Wat moest ze doen: teruggaan, aankloppen, blijven luisteren? Haar aangeboren nieuwsgierigheid won het. Ze bleef staan en luisterde.

Nu klonk de verontwaardigde stem van Robs vader: 'Wat deze man mijn gezin heeft aangedaan is een schande. Ik vond altijd al dat hij veel te vrij met de kinderen omging. Ik moet toegeven dat Rob altijd erg enthousiast was over zijn meester, maar al dat vrije gedoe moest wel een keer fout gaan.'

Wijnen viel hem in de rede: 'Ik vind dat u overdrijft, meneer Van der Velde. Dit ongeluk heeft niets met dat vrije gedoe te maken.'

'O nee? Welke leerkracht haalt het nu in zijn hoofd om op woensdagmiddag te gaan racen in het bos? Hij lijkt wel een of andere kwajongen. Het is onverantwoord dat deze man lesgeeft. Ik heb altijd de indruk gehad dat uw school een goede school was, meneer Wijnen. Een degelijke school zonder al die moderne flauwekul. Daarom juist stuurde ik Rob naar deze school. Maar sinds hij bij die Brinkman zit, komt hij met de raarste verhalen thuis. Deze week, na het gevecht op de speelplaats, heb ik hem thuis stevig onder handen genomen. Ik verwachtte van de school hetzelfde. In plaats daarvan vertelt hij mij dat zijn meester niet meer kwaad was en juist hém uitkoos voor die ellendige tocht door het bos.'

Robs vader begon steeds kwader te worden; Els hoefde nauwelijks meer moeite te doen om hem te verstaan, zo hard sprak hij.

Els begreep nu dat Robs vader zich al veel langer dan vandaag boos had gemaakt over hun meester. Hij begon er allerlei dingen bij te halen die niks met het ongeluk te maken hadden.

Ze hoorde dat er een stoel werd verschoven. Wat moest ze doen? Teruggaan naar de klas? Blijven staan? Het was nu juist zo belangrijk. Ze voelde dat ze meer te weten kon komen over hun meester. Maar als ze betrapt werd door iemand? Nou ja, ze kon altijd zeggen dat ze net kwam aanlopen.

Er gebeurde verder niets. Ze hoorde wel dat Robs vader zich vreselijk stond op te winden. Met zware stem bulderde hij: 'En weet u wat die Brinkman vertelt over die schoft die dat meisje heeft aangerand? Hij heeft de kinderen nog proberen uit te leggen waaróm zo'n man dat doet. Mijn zoon kwam met allerlei kletsverhalen thuis over die aanrander. Dat die vent ziek is en in een inrichting thuishoort. Laat die Brinkman zijn mond houden over dat soort zaken. Hij wordt betaald om mijn kind wat te leren en niet om van die halfzachte praatjes rond te strooien.'

Wijnen bleef opvallend rustig, vond Els. Toen Robs vader uitgeraasd was, begon Wijnen met zachte stem te praten. 'Ik ben het met u eens dat er soms dingen gebeuren in de groep van Brinkman die wat overdreven zijn. Als hij weer op school komt, zal ik daar zeker nog eens ernstig met hem over praten. En ook die autorace, want daar gaat het nú om, was niet nodig geweest. Ik moet wel bekennen dat de groep van Brinkman er níet zo over denkt. De kinderen zijn er helemaal vol van. Ze vinden het geweldig, dat hun meester meedoet.'

'Belachelijk,' gromde Robs vader.

'Goed, u zegt belachelijk,' zei Wijnen. 'Ik zeg: het is overdreven, maar Brinkman heeft nu eenmaal een andere manier om met zijn groep om te gaan dan hier op school gebruikelijk is.'

'Het is onverantwoord en daar blijf ik bij. U dient maatregelen te nemen!'

'Maar meneer Van der Velde, ziet u het niet allemaal wat eenzijdig? Ik begrijp dat u wat opgewonden bent. Het was een hele schok voor u, maar ook voor Brinkman was het bepaald geen pretje en u moet toch begrip hebben...'

'Wát begrip hebben,' onderbrak Robs vader hem. 'Wát begrip hebben... Heeft u gezien hoe mijn zoon eraantoe is? Hij mag vijf minuutjes per dag bezoek hebben. Hij kan nauwelijks praten. Hij mag zich niet bewegen, wordt volgestopt met spuitjes en pillen. Het zal zeker drie maanden duren voordat hij helemaal beter is. Wat zou u zeggen als uw zoon er zo bij lag? Nee, meneer Wijnen, ik begrijp dat u voor uw mensen opkomt, maar ik sta erop dat u Brinkman van deze school verwijdert. Er zijn genoeg andere scholen waar hij terecht kan met zijn rare ideeën.'

'Meneer Van der Velde,' en Els hoorde Wijnen opstaan, 'u heeft dat gisteren door de telefoon ook al gezegd, maar ik kan toch zomaar niet...'

'Dat kunt u wel. Anders zal ik een aanklacht tegen deze man indienen en dat kan zijn verdere loopbaan als leerkracht enorme schade doen. Dat weet u net zo goed als ik.'

'Ja, dat weet ik.' Wijnen begon nu ook wat opgewonden te

raken, want hij ging nogal fel verder: 'Dat zei u gisteren ook al. En daarom heb ik Brinkman voor een dag of tien naar huis gestuurd, alhoewel hij best les zou kunnen geven. Ik had gehoopt, dat uw... uw haatgevoelens op deze wijze wat bevredigd zouden worden.'

Robs vader werd nu vreselijk kwaad en Els hoorde hem keihard met zijn vuist op tafel slaan: 'U noemt dat haatgevoelens, wanneer ik verzoek om maatregelen te nemen tegen de man, door wiens schuld mijn kind in het ziekenhuis ligt?'

Wijnen begon nu te stamelen: 'Neemt u mij niet kwalijk... eeh, ik zei het verkeerd... zo bedoelde ik het niet. We zijn alle twee wat opgewonden, meneer Van der Velde. Vervelend is dat nu, we hebben toch altijd een plezierig contact gehad. Probeert u te begrijpen dat het bijzonder moeilijk is iemand halverwege het schooljaar uit zijn groep te halen. Maar, laat ik u in vertrouwen nemen. Het is de bedoeling dat hij aan het einde van het schooljaar weggaat en ik zijn klas overneem. In overleg met hem heb ik deze beslissing genomen. Dit is voor alle partijen het beste.'

'Goed,' ging Robs vader nu een stuk kalmer verder, 'wanneer u mij die verzekering kunt geven, zie ik van verdere maatregelen af. Dit is misschien het beste. Maar zegt u hem wel dat ik hem absoluut niet in het ziekenhuis wil zien.'

'Ik zal ervoor zorgen, meneer Van der Velde, maar als u mij nu wilt excuseren, ik moet even naar groep zeven gaan kijken.'

Els had zo ingespannen staan luisteren, dat ze niet meteen begreep dat Wijnen in de richting van de deur kwam. Toen de deur openging, drong het pas goed tot haar door.

'O, dag meester,' stamelde ze geschrokken. 'Ik wilde vragen of ik even naar het toilet mocht.'

Wijnen keek haar strak aan: 'Hoe lang sta jij hier al?'

'Net, ik kom net aanlopen, ik... eeeh...' Els voelde dat ze knalrood werd. Ze kon zich niet herinneren het ooit zo benauwd gehad te hebben. Ze begreep dat ze nu iets zou moeten zeggen om haar rare gestuntel te verklaren. 'Ik schrok, want ik wilde net aankloppen toen de deur ineens openging.'

'Ja, ja, natuurlijk.' Wijnen bleef haar aankijken. 'Nou, schiet op, ga maar even.'

Els was zo verbouwereerd, dat ze niet begreep wat hij bedoelde. Ze bleef staan.

'Nou, je moest toch naar het toilet!'

Els knikte heftig en draaide zich met een ruk om. Op een holletje verdween ze in de gang.

Toen ze even later terugkwam in het klaslokaal liep Wijnen daar rond om te controleren of er gewerkt werd. Els dook snel achter de rug van Mieke en begon als een razende te pennen.

Mieke, die zag dat er wat aan de hand was met Els, fluisterde: 'Wat is er?'

Els schudde heftig 'nee' en werkte ijverig door.

Wijnen stond nu weer bij de deur: 'Jullie werken goed. Ga zo door, dan mogen jullie wat mij betreft straks wat langer buiten spelen.'

Hier en daar klonk een onderdrukt hoi-geroep en Wijnen verdween weer in de gang.

O, wat had Els graag alles verteld. Zij was nu de enige die precies wist wat er aan de hand was met de meester. Ze voelde ook wel dat Wijnen doorhad dat ze had staan luisteren. Hij zou er vast nog op terugkomen. Dat zou wel strafwerk worden, maar dat kon haar niks schelen, want zij kon de groep nu dingen vertellen, die anders geheim waren gebleven. Ze voelde zich steeds belangrijker worden. Maar ze zou alles bewaren voor het speelkwartier. Als ze nu wat zou loslaten, zou het binnen enkele minuten een hels kabaal worden. Daarom zweeg ze. Zelfs op een briefje van Mieke, die haar vroeg waarom ze zo raar deed, antwoordde ze niet. Het kostte haar ontzettend veel moeite om zich in te houden en ze keek steeds op haar horloge. Straks zou zij, 'Els, de spionne van groep zeven', met het laatste nieuws komen. Iedereen zou verbaasd zijn. Dat was nog eens nieuws! Brinkman zou weggaan.

En toen, ineens, drong het pas goed tot Els door wat dat betekende. Ze zouden Wijnen krijgen.

Ze hoorde nu ook weer de stem van Robs vader, die zo vreselijk tekeerging over hun meester. Hij wilde Brinkman al meteen weg hebben. Els voelde zich eigenlijk niet meer zo belangrijk. Het was een rotbericht, dat ze de anderen zou brengen. Ze was zo in gedachten verzonken, dat ze nu pas zag dat er een grote inktvlek op haar schrift lag.

Kwaad legde ze haar pen neer en begon driftig met haar vloeitje de inktvlek te bewerken.

Ja, ze was kwaad. Kwaad op de volwassenen. Waarom precies, kon ze niet zeggen. Soms verlangde ze ernaar om volwassen te zijn, maar nu...

'Ik haat ze allemaal,' zei ze bij zichzelf.

Mieke schoof naar haar toe: 'Wat zei je, Els?'

'Ach, zeur niet,' snauwde Els terug.

'Nou, bedankt,' en verontwaardigd ging Mieke verder met haar werk.

Els pakte een kladblaadje en schreef er met grote sierletters op: 'Alle grote mensen zijn vervelende klieren.' Daarna scheurde ze het stuk en ging moedeloos voor zich uit zitten staren, wachtend op de bel voor het speelkwartier.

Hoofdstuk 10

Achteraan op de speelplaats, zover mogelijk van Wijnen af, stond een klein groepje met elkaar te fluisteren. Het waren Els, Mieke, Anneke en Dirk. Els had Mieke gevraagd, omdat het haar beste vriendin was, Anneke, omdat zij ook in het IJsselse Bos was geweest en Dirk, omdat hij het vanochtend zo fel voor de meester had opgenomen.

Ze schrokken toen Els vertelde dat Brinkman in elk geval aan het einde van het jaar wegging en ze Wijnen zouden krijgen. Ze hadden er allemaal op gerekend dat Brinkman mee zou gaan naar groep acht. Dat had hij trouwens zelf een keer gezegd.

Ze vonden het ook erg dat Robs vader de meester van alles de schuld gaf. 'Hij is woest op onze meester,' vertelde Els. 'Maar Wijnen verdedigde onze meester heel goed. Dat had ik nooit van hem gedacht. Hij bleef volhouden dat Brinkman geen schuld heeft.'

Anneke knikte heftig.

'Ja, dat zal wel,' kreunde Dirk. 'Maar Wijnen zorgt er toch ook maar mooi voor dat we onze meester aan het einde van het jaar kwijt zijn. En dan krijgen we hem. Ik begin nou maar vast strafwerk vooruit te maken, want ik zal volgend jaar wel een strafwerk-abonnement bij Wijnen hebben.'

'Dat zien we nog wel,' ging Els verder. 'We moeten nu eerst weten wat we zullen doen.'

'Wat kunnen we doen?' vroeg Mieke.

Ze keken elkaar aan, in de hoop dat iemand met een goed voorstel zou komen. Het bleef even stil en toen maakte

Dirk het probleem nog groter: 'Ik vind het maar een raar gedoe. Een heleboel kinderen zeggen dat Brinkman de schuld heeft, Robs vader zegt het, Wijnen zegt van niet, maar hij wil Brinkman wél weg hebben. Hij heeft een hekel aan Brinkman, maar helpt hem wel. Wat doen die mensen vreemd.'

'Misschien denken wij maar dat Wijnen onze meester niet mag,' zei Anneke voorzichtig.

'Denken!' gilde Mieke ongelovig. 'Je ziet het toch? Ze kunnen elkaar wel opvreten. O, wat zijn die gek op elkaar!'

Els gaf Mieke een duw. 'Schreeuw niet zo!'

Plotseling priemde de vinger van Dirk de lucht in: 'Banzai! Ik heb nagedacht en ik snap het. Wijnen is het niet eens met de ideeën van onze meester, maar dat wil niet zeggen dat hij ruzie met hem heeft. Als Wijnen bijvoorbeeld glazenwasser was en onze meester postbode en ze niet met elkaar hoefden samen te werken, dan waren ze misschien de beste vrienden.'

Triomfantelijk keek hij om zich heen. Maar in plaats van de bewondering die hij verwachtte voor zijn goede opmerking, zei Mieke alleen maar: 'Wijnen als glazenwasser. Ik nam meteen een andere.'

'Ach, jij snapt er niks van, die meiden ook,' mopperde Dirk.

Els begon ongeduldig te worden en vroeg: 'Wat doen we nou? Hier schieten we ook niks mee op. Dirk heeft misschien wel gelijk, maar daar helpen we onze meester niet mee.'

'O, dus jij vindt dat we hem moeten helpen,' zei Mieke bijna opgewekt. Ze was blij dat iemand het nu eindelijk had gezegd.

Alle vier hadden ze het gedacht, maar toch twijfelden ze

nog. Het was zo moeilijk om bij die volwassenen te zeggen wie er gelijk had. Een ding stond nu vast, ze wilden iets doen voor Brinkman.

Dirk deed een voorstel: 'We moeten vanmiddag om vier uur een algemene vergadering houden.'

'Wat is dat?' vroeg Els.

'Nou gewoon, we komen met de héle groep bij elkaar. Anneke vertelt nog een keer precies wat er is gebeurd, zonder dat iedereen erdoorheen krijst en jij zegt wat je vanochtend gehoord hebt.'

'Waar doen we dat dan?' vroeg Mieke.

'Weet ik veel, op het landje achter de nieuwe flats of zo.'

De andere drie knikten instemmend.

Els sloeg Dirk op zijn schouder. 'Goed idee, laten we iedereen waarschuwen. Maar vertel verder nog niets, anders wordt er weer zo gekletst. Ze horen het wel op het landje.'

Op dat moment kwamen Armando en Rolf aanlopen.

'Waar zat je?' riep Armando verontwaardigd. 'We zoeken je al een hele tijd.'

'Ik had een bespreking,' antwoordde Dirk plechtig. 'Geheim, diep geheim, kom vanmiddag om vier uur op het landje achter de nieuwe flats. Het uur van de waarheid!'

Armando en Rolf keken stomverbaasd. Armando trok hem aan zijn jas: 'Vertel op, aansteller, wat is er?'

Weer ging Dirks vinger de lucht in: 'Neen! Ik zwijg. Zelfs als gij mij op de pijnbank legt, zal ik zwijgen.' En tegen de anderen zei hij: 'Kom, wij moeten de anderen waarschuwen en denk erom, praat je mond niet voorbij.' Nadat hij nog een keer gegrijnsd had naar Rolf en Armando en 'Banzai' had geroepen, verdween hij.

Rolf verzuchtte: 'Dirk wordt iedere dag een beetje gekker.'

Na het speelkwartier begon Wijnen met een leesles. Bart, die niet in zijn boek zat te kijken, kreeg meteen strafwerk; hij moest de hele les overpennen. Els had ook bijna straf te pakken, maar Mieke zat zeer nadrukkelijk in haar boek bij te wijzen waar ze waren met lezen, zodat Els na enig gestotter en gegluur verder kon lezen.

Het was een saaie les. Wijnen gaf alleen maar leesbeurten. Hij liet het verhaal niet als toneelstuk doen, zoals bij Brinkman vaak gebeurde. Ook liet hij de kinderen geen vragen bedenken en aan elkaar stellen. Els vond dat het nog nooit zo lang had geduurd, voordat de tijd om was.

's Middags kregen ze eerst taal en daarna geschiedenis. Wijnen las wat voor uit het boek en vertelde er wat bij. Halverwege de les kreeg Mieke straf, omdat ze zat te kletsen. Het laatste halfuur moesten ze hoofdrekenen. Tegen vieren vroeg Wijnen de groep allemaal wat geld mee te nemen om een fruitmand voor Rob te kopen. Iedereen knikte.

Om vier uur vertrok iedereen meteen naar het landje achter de nieuwe flats. Els, Mieke, Dirk en Anneke hadden met geheimzinnige gezichten rondgelopen en iedereen toegefluisterd om te komen: 'Het gaat om onze meester. Het is heel dringend.'

De kinderen liepen in kleine groepjes en vonden dat Wijnen toch nog meegevallen was. 'Hij heeft zich natuurlijk ingehouden, vandaag,' stelde Bart vast. 'Hij wil ons lijmen.'

'Lijmen noem je dat,' viel Mieke fel uit. 'Als je even wat zegt, geeft hij strafwerk. Onze meester doet niet zo kinderachtig.'

Dirk vond dat het best goed was voor Mieke om eens een keer niets te zeggen: 'Anders leer je het nooit af!'

Mieke wilde Dirk een trap geven, maar die sprong behendig opzij.

Armando en Rolf liepen samen te zuchten en te kreunen. 'We zijn voorlopig onze vrijheid kwijt. Je mag niet eens na een les van je plaats komen,' zei Armando. 'Toen ik na de geschiedenisles even rond wilde lopen, moest ik meteen weer gaan zitten van die vent.'

'Directeurs zijn altijd strenger,' antwoordde Rolf. 'Anders waren ze geen directeur geworden.'

'Onzin.' Armando schopte woedend een steentje weg. 'Als onze meester directeur was, zou hij niet zo raar doen. Je bent toch geen leerling, je bent toch een kind.'

Mopperend de voor- en nadelen van Wijnen en Brinkman tegen elkaar afwegend, bereikten de kinderen het landje achter de flats. Het was een heuvelachtig terrein. Een paar jaar geleden waren er grote bergen zand neergegooid om er een park mee aan te leggen. Na die tijd was er niets meer gebeurd en de zandhopen waren nu ruig begroeid. De kinderen vonden dat het zo maar moest blijven; je kon er zalig spelen.

Dirk stelde voor om meteen te beginnen.

'Maar een paar van de groep zijn er nog niet,' riep Mieke.

'Nou, die moeten denk ik naar pianoles of zo,' antwoordde Dirk.

Armando, die behendig tegen een van de zandheuvels opgeklommen was, riep dat het voor hem het afschuwelijkste was, wat hij zich kon voorstellen: pianoles.

Els was het helemaal met hem eens: 'Jongen, je weet niet half hoe erg dat is. Iedere dag minstens een halfuur studeren. En dan nog die stomme pianojuf één keer in de week.'

Armando zat nu boven op het heuveltje: 'Waarom stop je er dan niet mee?'

'Zeg dat maar eens tegen mijn moeder. Als je nu stopt, heb je er later spijt van, roept ze altijd. Nou, ik heb nú al spijt!'

'Kinderarbeid,' stelde Dirk vast.

Vanachter de heuvel dook nu de lange magere gestalte van Bart op. 'Deze heuvel is bezet door mij, d'r af, Armando,' en tegelijkertijd gaf hij Armando een flinke zet.

Het was het dagelijkse spelletje dat ze altijd op het landje speelden: heuveltje veroveren. Er barstte nu een enorm krijgsrumoer los. Iedereen begon de heuvel te bestormen. Het was al snel een dolle boel: kinderen die van de heuvel afrolden, opnieuw naar boven klommen en door de sterkste figuren van de klas er weer afgegooid werden. De enige twee die niet meededen waren Dirk en Rolf. Rolf, omdat hij na de dag van het gevecht tussen Jan-Wim en Rob toch erg op zijn kop had gekregen, omdat hij met zijn broek over straat had gekropen, en Dirk, omdat hij de hele vergadering zag mislukken. Die stomme Bart ook. Nou ja, de anderen deden nu ook volop mee.

Onder aanvoering van Mieke hadden de meisjes een groep gevormd om de jongens eraf te gooien. Dat lukte vrij aardig, tot een listige aanval van de jongens in één keer alle meisjes van de heuvel verjoeg. Gierend van het lachen kwam Mieke aan de voeten van Dirk terecht. 'Waarom doe jij niet mee?' hikte ze.

Dirk haalde moedeloos zijn schouders op. 'We zouden toch over Brinkman praten?'

Mieke klopte haar kleren af, zette haar handen aan de mond en gilde: 'Stoppen!'

Dirk had een ontzettende hekel aan die 'schetterstem', zoals hij altijd zei, maar nu had het zijn voordeel. Iedereen hield op en keek beduusd naar Mieke, die het bevel gaf om te gaan zitten voor de vergadering. Bart protesteerde: 'Verdorie, dat komt straks wel, we zijn net zo lekker bezig,' en hij gaf Jan-Wim, die naast hem stond, een duw.

'Bart weet nooit van ophouden, treiterkop,' gilde Els naar boven.

'Dat moet je hier komen zeggen,' riep Bart en hij spuugde in haar richting.

Wild sprong Els naar voren.

'Ophouden!' loeide Mieke.

Iedereen scheen zich nu tegen Bart te keren. Het was Bart weer die het verpestte, Bart die er altijd op uit was om te treiteren, Bart die door niemand in de groep aardig werd gevonden. Hij stond nu op de heuvel in gevechtshouding: 'Kom maar op als jullie durven.'

Dirk kreeg er genoeg van. 'Jullie zoeken het maar uit, ik ga naar huis.' Hij begon zijn spullen te zoeken in de berg tassen die naast de heuvel lag.

Andere kinderen volgden zijn voorbeeld. Els zag dat alles dreigde te mislukken. Ze had zich zo voorgesteld, dat iedereen ademloos zou luisteren naar alles wat zij zou vertellen over het gesprek tussen Robs vader en Wijnen. Zij zou de heldin van de dag worden, Els de spionne. Maar nu... had ze daarvoor vanmorgen strafwerk geriskeerd? Ze liep op de kinderen af die in de tassen stonden te graaien: 'Het is hartstikke belangrijk wat ik te vertellen heb. Kom nou, jullie moeten even luisteren, het is groot nieuws!'

Dirk draaide zich om: 'Hou dan op met dat geruzie.'

'Ja, maar Bart begon,' protesteerde Els.

Bart stond nog steeds triomfantelijk op de heuvel, maar toen hij zag dat iedereen nu om Els ging staan, klom hij mopperend naar beneden.

'Zitten!' commandeerde Mieke opnieuw.

Ze lieten zich nu tegen de tassen aan vallen en wachtten gespannen af wat Els ging zeggen. Die had zich in gedachten al helemaal voorbereid. Ze vertelde uitvoerig dat ze vanmorgen zo nodig moest en per ongeluk alles had afgeluisterd aan de deur van Wijnen. Ze gaf nauwkeurig verslag van het gesprek tussen Wijnen en meneer Van der Velde. Ze vertelde ook dat Brinkman eigenlijk niet ziek was. 'Ik vind Wijnen een rotvent,' ging ze verder, 'maar vanmorgen nam hij het wel voor onze meester op. Robs vader wilde dat onze meester meteen helemaal van school gestuurd zou worden, omdat hij de schuld heeft van het ongeluk.'

'Dat is níet waar!' riep Anneke heftig. 'Echt, het is níet waar! Meester Brinkman zei steeds dat we ons goed moesten vasthouden. Hij reed helemaal niet hard en die kuil had hij echt niet gezien. Hij heeft geen schuld. Echt niet.'

De meeste kinderen mompelden nu instemmend. Zoals Anneke het zei, moest het wel gebeurd zijn.

'Maar dat is nog niet alles,' vervolgde Els. 'Wijnen zei wel tegen meneer Van der Velde dat onze meester in elk geval aan het einde van het jaar van school zou gaan en we dan hém zouden krijgen.'

Nu brak er een luid gejoel los. De kinderen waren zeer verontwaardigd. Ze scholden op Robs vader, die hun meester zomaar weg wilde hebben. Ze begonnen weer over Wijnen, die altijd zo chagrijnig keek als Brinkman wat leuks deed met zijn groep. Wacht maar, morgen zouden ze hem wel krijgen. Vandaag hadden ze zich nog rustig gehouden, maar morgen!

Dirk keek naar alle protesterende, scheldende en schreeuwende kinderen. Hij wist net zo goed als zij, dat niemand wat zou durven. Hij vond het trouwens ook oneerlijk om Robs vader overal de schuld van te geven. Wat zou zíjn vader gedaan hebben, wanneer hij nu in het ziekenhuis lag? Dirk stootte Mieke aan: 'Ik wil wat zeggen.'

Mieke zette even haar schetterstem op. Het hielp eerst niet

veel, maar toen Els ook mee ging brullen, werd het stil.

'Kijk,' zei Dirk, 'ik ben voor Brinkman, maar ik kan me best voorstellen dat Robs vader zo kwaad is. Brinkman heeft geen schuld, maar de vader en moeder van Rob zijn zich natuurlijk rot geschrokken. Rob had dood kunnen zijn.'

'Maar hij is het niet,' riep Bart, die een beetje achteraf was gaan zitten.

'Hou nou even je mond,' beet Els hem toe.

Het werd weer stil. Dirk keek om zich heen. Hij voelde zich erg opgelaten. Iedereen verwachtte nu een of andere belangrijke opmerking van hem, maar hij wist niks meer.

'Ik ben klaar,' zei hij alleen maar en hij ging naast Rolf staan, die hem met open mond stond aan te staren.

Anneke was nu opgestaan: 'Weet je, het heeft geen zin om morgen vervelend te doen bij Wijnen. Hij wint toch.'

'Hij heeft het trouwens voor onze meester opgenomen,' voegde Armando eraan toe, die het helemaal met Anneke eens was.

'Maar hij stuurt hem wel aan het einde van het schooljaar weg,' zei Bart. 'O, wat neemt Wijnen het toch op voor Brinkman!'

Daar had Bart gelijk in, vonden de meesten.

'Maar volgens mij,' zei Els, 'heeft dat niets te maken met Rob. Wijnen en Brinkman hebben nooit met elkaar kunnen opschieten. Onze meester zou toch weggaan, ook als dat met Rob niet gebeurd was.'

'Onze meester is gewoon anders,' voegde Mieke eraan toe. 'Veel aardiger en zo.'

Bart was nu bij de anderen komen staan. 'Onze meester is gewoon anders,' aapte hij de opgewonden stem van Mieke na. 'Ik vind dat jullie wel overdrijven. Net of Brinkman geen straf geeft, of nooit kwaad wordt.'

Iedereen begon weer door elkaar te roepen. Niemand kon eigenlijk goed zeggen, waarom hun meester anders was. Bart had gelijk: Brinkman kon flink strafwerk geven en ontzettend kwaad worden. En toch, er was iets met Brinkman, iets dat ze niet konden uitleggen. Zelfs Bart gaf toe dat hij veel liever Brinkman had dan Wijnen.

Els probeerde hen weer stil te krijgen, maar het lukte niet meer. Wanhopig stootte ze Mieke aan: 'De hele vergadering is mislukt.'

Mieke knikte, maar Armando die achter hen zat, zei: 'Welnee, iedereen weet nou toch wat er aan de hand is en we weten nu zeker, dat bijna iedereen voor onze meester is.'

De kinderen graaiden hun tas uit de grote hoop en verlieten drukpratend het landje. Els en Mieke bleven met Dirk en Rolf achter.

'We moeten iets doen,' zei Els verbeten.

'Banzai,' riep Dirk.

Gespannen keken ze hem aan.

'We sturen Brinkman een brief en daar zetten we in: S.O.S.! Red ons uit de klauwen van W.W., Woeste Wijnen.'

Mieke en Rolf schoten in de lach, maar Els vroeg: 'En dacht je dat Brinkman dan iets kon doen?'

'Ach joh laat je toch niet in de maling nemen,' zei Mieke.

Els ging door: 'Tegen Wijnen is niks te doen.'

Ze keken elkaar aan en liepen toen zwijgend het landje af. Aan de rand bleef Dirk staan en schreeuwde: 'Weg met W.W.!'

'Leve Brinkman,' voegde Rolf eraan toe.

'Zo, daar knap je van op,' zei Dirk.

In koor riepen ze nu: 'Weg met W.W.!' Zo roepend liepen ze tussen de flats door. Maar hoe harder ze riepen, hoe machtelozer ze zich voelden.

Hoofdstuk 11

De dagen daarna werd er nog vaak door de kinderen nagepraat over de vergadering op het landje. Iedereen was voor
de meester; iedereen vond dat de groep wat moest doen,
maar niemand wist wat! Ze hadden allemaal het gevoel dat
ze Brinkman een beetje in de steek lieten. Maar wat konden ze doen?
Het leven in groep zeven verliep verder eentonig.
Wijnen kon wel goed lesgeven, maar de kinderen misten de
gezelligheid die er bij Brinkman was. Bij Wijnen wist je
van tevoren precies hoe alles verliep. Hij begon altijd met
rekenen en daarna volgde: 'Pak je leesboek.' Na het speelkwartier moest je je geschiedenis of aardrijkskunde voor je
nemen. Hij las altijd een stuk voor uit het boek en vertelde er hier en daar wat bij. Geen spannende verhalen, zoals
bij hun eigen meester, en geen eskimovolk uitbeelden met
de hele groep. Wél veerde de hele klas op als Wijnen na-
tuurkunde gaf en allerlei proeven deed. Dat was echt leuk.
Wijnen wist er veel van en kon er boeiend over vertellen.
Ze merkten ook dat Wijnen erg goed kon voorlezen.
Na een tijd leek iedereen eraan gewend te raken en werd er
in het speelkwartier steeds minder gepraat over hun eigen
meester. Alsof ze hem een beetje vergaten. De meeste kinderen voelden dat het toch geen zin had om er steeds maar
over te beginnen. Het was nu eenmaal zo.
Nog één keer gebeurde het dat een paar kinderen zich in
het speelkwartier nogal druk maakten over Brinkman. Dat
was toen de race voor oude auto's ter sprake kwam, die de

week daarop gehouden zou worden. Daar zou de meester vast niet aan meedoen.

Dirk vond dat hij juist wél mee moest doen: 'Als hij wegblijft op de race, dan geeft hij toe dat hij schuld heeft!'

Els was het niet met hem eens: 'Als Robs vader het hoort, vermoordt hij onze meester.'

'Puh, onze meester kan Robs vader best aan,' zei Rolf. 'Onze meester is hartstikke sterk.'

'Ach jongen,' antwoordde Els. 'Ga voetballen, grote mensen vechten toch niet.'

Dirk kuchte nadrukkelijk.

'Nee,' lachte Armando, 'die pesten elkaar van school af. Ik denk trouwens dat Robs vader onze meester best een flinke dreun zou willen geven.'

Rolf keek hem ernstig aan. 'Onze meester mag wel oppassen.'

Anneke had staan luisteren. 'Weet je,' zei ze, 'er was toch ook een prijs voor de leukst versierde auto? Brinkman hoeft dan toch niet aan de race zélf mee te doen?'

Els was meteen enthousiast: 'Ja, natuurlijk, dat kan hij wel doen!'

Rolf, die net wilde weglopen, draaide zich om naar Els en zei, op dezelfde toon waarop ze net tegen hem sprak: 'Ach jongen, ga voetballen, dan slaat Robs vader meteen die ouwe eend van de meester in elkaar.'

'Dat is ook niet zo moeilijk,' grinnikte Dirk.

Els was even beduusd.

Ze vond Rolf altijd nog een echte kleuter, maar door zijn laatste opmerking was ze uit het veld geslagen. Vooral omdat hij wel eens gelijk kon hebben. En al zou Robs vader misschien niets doen, Wijnen zou het vast niet goedvinden. Altijd weer Wijnen.

'Gáán we nou nog voetballen?' vroeg Armando. Hij gaf een ruk aan een van de lange paardenstaarten van Anneke en rende naar het trapveldje.

Anneke gaf een gil: 'Rotjoch, blijf nou eens een keer van mijn haar af, dat doe je steeds!'

'Waarom denk je?' zei Dirk plechtig. 'Omdat er liefde in zijn hart brandt.'

'Wat brandt er?' vroeg Rolf verbaasd.

Els schudde meewarig haar hoofd: 'Je snapt er nog niet veel van, hè Rolf? Kijk, Armando is verliefd, maar daar ben jij nog wat te jong voor. Als jij geen kleuter meer bent, dan word je vast ook nog wel eens verliefd.'

Rolf knikte: 'Ja, maar dan niet op jou!'

Els wilde uithalen om hem een trap te geven.

'Lopen voor je leven,' brulde Dirk.

De twee jongens maakten zich snel uit de voeten. Op een veilige afstand draaide Dirk zich nog even om, om 'Banzai' te roepen. Rolf riep nog: 'Ja, dat vind ik ook,' en toen verdwenen ze tussen de voetballende kinderen op het veldje.

De dinsdag daarop, bijna een week na het ongeluk, gebeurde er iets waardoor er plotseling wat veranderde in groep zeven. Na het weekend was er niet meer gepraat over Brinkman. Hij zou de volgende week terugkomen, had Wijnen gezegd: 'Dan is hij weer helemaal genezen.' De kinderen wisten wel beter, maar niemand had de moed gehad om het te zeggen. Als Wijnen wilde dat ze het geloofden, dan moest dat maar.

De middag begon al goed, doordat de hamster van de kleine Mickey weer eens weg was. Volgens een paar meisjes hadden de jongens het beest expres losgelaten. Mickey wilde de prullenbak omkeren, maar Wijnen had het verboden. 'Je gaat na schooltijd maar zoeken,' zei hij. 'Dan vind je hem wel. Als er niemand in de klas is.'

Wijnen begon de middag met de rekenrepetitie terug te geven. Het was een soort algemene herhaling geweest van alle nieuwe sommen die ze vanaf het begin van het schooljaar hadden gehad. Terwijl hij het werk uitdeelde, zei hij: 'Ik moet zeggen dat de meesten het vrij aardig gemaakt hebben. Wat jullie de afgelopen maanden geleerd hebben, zit er behoorlijk goed in.'

'Complimentje voor Brinkman,' flapte Mieke eruit.

Wijnen ging gewoon door met uitdelen en deed alsof hij niets hoorde. Maar de meeste kinderen begrepen nu dat Wijnen eigenlijk een soort controle had gehouden om te kijken of Brinkman wel genoeg gedaan had met zijn groep. 'Jammer voor Wijnen,' siste Els. 'Hij had vast gehoopt dat we het allemaal slecht gemaakt zouden hebben.'

Ongelovig keek Mieke haar aan. Dat kon niet, dacht ze. Zou hij zo gemeen zijn? Els zocht bij grote mensen altijd overal wat achter.

Wijnen liep nu naar zijn tafel en pakte het geldbusje dat daar stond. Iedereen had de afgelopen dagen geld meegenomen om voor Rob een fruitmand te kopen.

'Ik ben bij de ouders van Rob geweest,' begon Wijnen. 'Het gaat erg goed met hem. Hij mag al wat bezoek hebben en daarom wilde ik morgenmiddag naar hem toe gaan met onze fruitmand.'

De kinderen keken elkaar aan.

'Er zijn er twee, die nog niet betaald hebben. Armando?'

De groep grinnikte.

'Vergeten, meester. Maar ik neem het echt morgen mee.'

Wijnen knikte: 'En jij, Bart, ook morgen?'

'Nee!' klonk het nu hard.

Het werd doodstil.

'Wat nee?' vroeg Wijnen droog.

'Ik betaal niet.'

Er ging een onderdrukt gemompel door de klas: echt weer Bart. Wat een ontzettende kwal was hij toch. Altijd anders willen zijn. Misselijke slungel.

Wijnen was nu vlak voor hem gaan staan: 'Zo, jij betaalt niet. En waarom niet? Geen geld?'

'Jawel, genoeg.'

'Dat dacht ik ook. Ik zie je tenminste vaak genoeg hier tegenover de snoepwinkel binnenstappen.'

Bart keek hem strak aan.

'Dan zou ik toch wel eens willen weten, waarom jij niet meedoet met die fruitmand voor een jongen uit je groep,' en Wijnen legde de nadruk op het woord groep.

Iedereen rekte zich nu uit om goed te kunnen zien wat er zou gebeuren.

Bart was rood geworden en frommelde zenuwachtig aan het blaadje van de rekenrepetitie. Toen zei hij zacht: 'Als we voor Rob iets kopen, moeten we dat ook voor Brinkman doen. Als die tenminste echt ziek is.'

Stomverbaasd staarden ze hem aan. Bart, de grootste klier van de klas, zei wat niemand durfde zeggen. Bart, de jongen die altijd anders wilde zijn dan de rest, was nu de enige die durfde op te komen voor hun meester. Niemand had de moed gehad om tegenover Wijnen te laten merken, dat ze wisten dat Brinkman niet ziek was. Dat het een leugen was. Door wat Bart zei, moest Wijnen wel begrijpen dat de groep het wist. Eindelijk iemand die iets deed. Iemand van wie je het niet verwachtte.

Wijnen keek Bart wantrouwig aan.

De klas wachtte met ingehouden adem af. Mieke zat op het

puntje van haar stoel. Els was op haar tafel gekropen, kleine Mickey was haar hamster helemaal vergeten en de eeuwige grijns op het gezicht van Armando was verdwenen. Zelfs Dirk die bijna nooit opgewonden raakte, zat zenuwachtig op zijn nagels te bijten.

Het was bijna angstaanjagend, zo stil was het.

De stilte werd verbroken door Mickey, die met open mond naar Bart en Wijnen had zitten kijken en plotseling zuchtte: 'Jeetje, wat spannend.'

Armando was de eerste die in de lach schoot en al gauw zat

113

de hele groep te lachen. Toen gebeurde het tweede wonder, zoals Dirk later zei: óók Wijnen begon te lachen. Een beetje zuur misschien, maar hij lachte.

Toen het weer stil was, zette hij het geldbusje op tafel en moest iedereen aardrijkskunde voor zich nemen. Hij deed net alsof er niets gebeurd was en begon te vertellen over de gletsjers in Zwitserland.

Hij zag niet hoe even later een briefje op Barts tafel belandde. Dit stond erin: 'Je was hartstikke goed, Bart. Afzender Els en Mieke.' Bart deed net alsof hij het ongeïnteresseerd in zijn zak stopte, maar vanbinnen gloeide hij.

Hoofdstuk 12

De avond na het ongeluk in het IJsselse Bos had Jan Brinkman telkens opnieuw geprobeerd zich precies te herinneren
wat er gebeurd was. Zijn vriendin Maaike had hij wel tien
keer verteld hoe het gegaan was en zij had steeds maar her-
haald: 'Het is jouw schuld niet, Jan.'
Natuurlijk wás het zijn schuld niet, maar toch... iedere keer
weer die verwijtende ogen van de ouders van Rob. De
woorden van Robs vader, waarin alleen haat te horen was.
Steeds weer probeerde hij zichzelf ervan te overtuigen dat
het logisch was, dat de vader zo reageerde. De man was
wanhopig geweest. Het was zíjn zoon, die daar lag.
Natuurlijk kon Jan Brinkman met zijn verstand berede-
neren dat hij geen schuld had, maar zolang er nog mensen
waren die dat wél geloofden, bleef hij twijfelen. Wat Maaike ook tegen hem zei, binnenin hem bleef dat onzekere
gevoel.
Tot overmaat van ramp had Wijnen hem opgebeld op de
ochtend na het ongeluk en gezegd dat hij een dag of tien
niet op school hoefde te komen. 'Je zult ook wel erg geschrokken zijn,' zei Wijnen. 'Rust eerst maar eens wat uit.
Ik zeg wel dat je een paar dagen thuis moet blijven.'
Brinkman had direct het gevoel dat er iets achter zat. Hij
protesteerde heftig. Hij probeerde Wijnen uit te leggen dat
hij gewoon op school wilde komen om er met de kinderen
over te praten.
Wijnen wilde er niets van horen. 'Het is beter voor de rust
in de school, beter tegenover de buitenwereld, wanneer je

er een tijdje niet bent en in elk geval niet aan die race mee-doet.'

Dat was de ware reden. Daarom vond Wijnen dat hij moest 'uitrusten'. Altijd weer 'de rust in de school', altijd weer de buurt die voor Wijnen alleen maar belangrijk was. Brink-man had Wijnen bezworen dat hij geen schuld had. 'Je pro-beert mij met een smoes thuis te houden. Ik moet zoge-naamd rusten, ziek zijn voor de buitenwereld. Het is juist goed als ik gewoon kom en er met de kinderen en ouders over praat.'

Wijnen reageerde alleen maar met: 'Dat maakt alles nog erger.'

Jan Brinkman was kwaad geworden: 'Je hebt niet het recht om mij thuis te houden. Ik leg mij hier niet bij neer. Ik kom gewoon naar school. Wat die race betreft kun je je zin krijgen. Ik wilde er toch al van afzien.'

Wijnen bleef kalm. Hij zei begrip te hebben voor Brink-man. 'Ik kan me best voorstellen dat je zo redeneert, Jan. Maar wees nou eerlijk, het was toch eigenlijk wel erg on-bezonnen om in het bos te gaan rijden met die kinderen. De ouders zullen vast verontwaardigd zijn. Daarom is het beter als je een tijdje niet komt, tot alle gemoederen zijn gekalmeerd.'

Brinkman voelde nu heel duidelijk dat ook Wijnen in zijn schuld geloofde. Ineens kon het hem niets meer schelen. Hij zou wel thuisblijven als Wijnen dat wilde. Moedeloos had hij de telefoon neergelegd.

Daarna was er een ellendige dag voor hem begonnen. Hij had uren op zijn kamer gezeten. Steeds weer probeerde hij zich het ongeluk te herinneren. Soms stond hij tijdenlang voor het raam en keek naar beneden, waar de auto voor de deur stond. Daar was alles mee begonnen. Wanneer de groep hem zo gezien had, zouden de kinderen zelfs verbaasd zijn geweest: zo vaak friemelde hij aan zijn snor.

Toen Maaike tegen de avond uit het ziekenhuis kwam, vertelde ze dat ze even op de afdeling was geweest waar Rob lag. Een vriendin van haar, die daar verpleegster was, had gezegd dat de doktoren erg hoopvol waren. Rob had een heel zware hersenschudding, maar er was goede hoop dat er verder geen hersenbeschadigingen waren. Zeker was dat niet. Rob moest nog eens onderzocht worden.

Maaike had de krant achteloos in een hoek gelegd, maar Brinkman had hem direct gepakt. Bij het plaatselijke nieuws stond een klein stukje:

Ongeluk in het IJsselse Bos.
Tijdens een autorit door het IJsselse Bos is de tienjarige Rob van der V. gewond geraakt. Samen met een medeleerling en een leerkracht maakte hij een plezierritje waarbij de auto onverwachts in een kuil schoot. Met een zware hersenschudding is de jongen per ambulance naar het ziekenhuis gebracht.

Jan Brinkman had het stukje wel tien keer gelezen. Het was helemaal waar zoals het er stond. De angst, dat er in de krant iets zou staan over 'onverantwoord optreden van leerkracht' of zoiets, verdween. Zijn twijfel werd er niet minder om.

Maaike was woedend geworden, toen zij hoorde dat Wijnen wilde dat Jan een tijdje thuisbleef: 'De schoft, je moet daar meteen vandaan. Je moet helemaal niet teruggaan naar die rotschool. Dat noemt zich een directeur. Hij denkt alleen maar aan de goede naam van de school, maar echt opkomen voor zijn mensen doet hij niet. Jij hebt géén schuld, Jan!'

Brinkman moest even glimlachen om Maaike, zoals ze daar met een boos hoofd midden in de kamer stond. Het was een fijn gevoel, dat er tenminste iemand helemaal aan zijn kant stond, iemand die niet twijfelde. Maar Maaike zag ook wel in, dat hij niet zomaar weg kon blijven van school. Hij had Wijnen zelfs nodig wanneer hij naar een andere school wilde gaan. Die moest dan 'inlichtingen' over Brinkman geven aan de school waar hij dan zou willen werken. Wanneer Wijnen alleen maar vervelende dingen over hem zou zeggen, was er grote kans dat hij nooit ergens anders terecht zou kunnen.

Jan Brinkman voelde zich machteloos. Hij was een man die eerlijk voor zijn mening uitkwam. Hij was niet bang voor een flinke ruzie met Wijnen. Hij had op school uiteindelijk toch gedaan wat hij nodig vond. Wijnen wilde niet dat hij de groep zo vrijliet. Toch was hij ermee doorgegaan, omdat hij overtuigd was van zijn gelijk. Hij had gepraat over de aanranding van Anneke, terwijl Wijnen het niet wilde. Hij had Jan-Wim en Rob de onredelijke straf van Wijnen onder schooltijd laten maken. Op schoolvergaderingen had hij enthousiast zijn ideeën verdedigd. Nee, hij was niet bang voor Wijnen. Er waren genoeg scholen waar hij met zijn manier van lesgeven terecht kon.

Maar toch... nu het erop aankwam. Wanneer Wijnen echt geloofde in zijn schuld, en dat zou zeggen tegen een andere school waar hij zou willen gaan werken, dan zou hij daar weinig kans maken. In gedachten hoorde hij de zakelijke stem van Wijnen: 'De heer Brinkman is een enthousiaste leerkracht, die soms erg onverantwoord handelt.'

Hij huiverde.

Natuurlijk kon hij op een andere school uitleggen, waarom het niet ging tussen hem en Wijnen. Het kwam wel meer

voor op scholen, dat de directeur er andere ideeën op na-
hield dan sommige meesters en juffen aan diezelfde school.
Maar wanneer Wijnen over het ongeluk zou praten en zou
zeggen dat het zijn schuld was geweest, dan maakte hij
weinig kans.

Hij praatte er nog lang over met Maaike. Zij probeerde
hem moed in te spreken. Ze vond dat hij alles veel te som-
ber zag. Zo was Maaike: toen ze hoorde dat hij thuis moest
blijven van Wijnen, was ze woedend, maar haar boze bui
ging snel over. Ze slaagde er zelfs in, wanneer ze in de
dagen na het ongeluk samen waren, hem wat op te vrolij-
ken. Ze bracht goede berichten mee uit het ziekenhuis.

Maar als ze 's morgens wegging of hem 's avonds alleen liet,
omdat ze nachtdienst had, dan bleven de twijfels door zijn
hoofd spoken.

Zo gingen er dagen voorbij. Hij zat wat op zijn kamer en
probeerde te lezen. Soms nam hij de hoorn van de telefoon
in zijn handen om Robs ouders te bellen, maar altijd legde
hij hem weer neer: hij durfde niet.

Op een middag besloot hij terug te gaan naar de plek waar
het ongeluk gebeurd was. Misschien dat hij zo eindelijk
zeker zou weten, dat hij er echt niets aan kon doen. Het was
op donderdag, ruim een week na het ongeluk.

Heel rustig reed hij het bospad op en net als die woensdagmiddag ontweek hij de kuilen. Maar hoe dichter hij bij
de plaats kwam, waar het gebeurd was, hoe dieper hij het
gaspedaal indrukte. De oude eend schokte aan alle kanten
en Jan Brinkman werd steeds wilder heen en weer geschud.
Hij boog zich verder naar voren. Het was of hij boven het
gegier van de motor uit de stemmen hoorde van Wijnen,
van Robs vader en het hartstochtelijke gesnik van Anneke
vlak na het ongeluk.

Daar was de bocht. Voorbij de bocht moest de grote kuil zijn. Zijn voet drukte het gaspedaal helemaal in. Gierend draaide de auto de bocht om. Zijn handen klemden zich om het stuur. Hij reed nu recht op de kuil af. Vlak ervoor gaf hij een wilde ruk aan het stuur en ontweek de kuil nog net. Een stuk verderop bracht hij de auto tot stilstand, draaide het contactsleuteltje om en liet de motor afslaan. Zijn hoofd zakte op het stuur. 'Waarom?' stamelde hij. 'Waarom ík?' Hij kon het stuur wel kapotknijpen. Toen begon hij zachtjes te snikken. Hij voelde zich ontzettend eenzaam.

Zo bleef hij een tijd zitten, maar eindelijk vond hij de moed om uit te stappen. Hij ging aan de kant van het bospad op de grond zitten en dat deed hem goed. Het luchtte hem op dat hij eindelijk kon huilen.

En nu, op dit moment waarop hij het meest aan zichzelf twijfelde, begon hij ineens te begrijpen wat hij eigenlijk aan het doen was. Nu al meer dan een week probeerde hij zichzelf ervan te overtuigen dat hij geen schuld had. Hij had zelfs opnieuw de rit door het bos gemaakt, en veel en veel harder gereden dan de vorige week woensdagmiddag. Wat was de zin daarvan?

Hij moest eindelijk eens ophouden met zichzelf almaar vrij te pleiten. Hij hád geen schuld. Over een paar dagen moest hij weer voor de klas. Alles zou weer gewoon zijn. Hij zou er met de kinderen over praten. Hij wist dat hij toch niet kon doen alsof er niets aan de hand was. En al zou hij het misschien willen, dan zou er toch altijd wel een Armando of Bart zijn die erover zouden beginnen. Tot nu toe had hij niets anders gedaan dan over zichzelf nagedacht, zichzelf verwijten gemaakt, zichzelf overtuigd van zijn onschuld. Hij zou daarmee ophouden. Het werd tijd om weer gewoon meester Jan Brinkman te worden.

Hij stapte in zijn oude eend en reed het bos uit.

Hij had besloten naar het ziekenhuis te gaan. Hij was nu weer gewoon meester Jan Brinkman, die een kind uit zijn groep, dat in het ziekenhuis lag, ging opzoeken. Zoals altijd al zijn gewoonte was.

Maar of Robs vader dat zo gewoon zou vinden?

Hoofdstuk 13

Het was half drie. Het bezoekuur in het ziekenhuis was net begonnen. Toen Jan Brinkman zijn auto vlak bij de hoofdingang parkeerde, bekroop hem even een angstig gevoel. Maar hij liep door.

Bij de receptionist vroeg hij waar Rob lag. De man rommelde in een kaartenbak: 'Kinderafdeling, zaal achtentwintig.'

Brinkman liep de trap op, een lange gang en aan het einde twee klapdeuren door. Hij begon steeds sneller te lopen. Een paar maanden geleden had Marianne uit zijn groep hier nog gelegen.

Toen hij de deur van zaal achtentwintig opende, klonk er meteen vanuit de hoek een enthousiaste stem: 'Meester!'

Het was Rob.

Het geroezemoes op de zaal, van de andere kinderen en het bezoek, verstomde meteen. Bij Robs bed zat een vrouw met haar rug naar de deur. Ze draaide zich met een ruk om.

Het was Robs moeder.

Jan Brinkman bleef aarzelend staan met de deurknop in zijn hand.

De moeder stond op.

Rob kwam iets overeind en zei tegen de andere kinderen in de zaal: 'Zien jullie nou wel, dat ik niet overdreven heb? Mijn meester heeft een hartstikke grote snor onder zijn neus!'

Er klonk een onderdrukt gegrinnik. Een klein jochie kwam voor Brinkman staan en keek hem bewonderend aan: 'Dat is een hele mooie, meneer.'

Brinkman draaide even nerveus aan een punt.

'Ga je nou boos worden?' vroeg het jongetje en hij deed voor alle zekerheid een stap achteruit. 'Rob zegt dat je dan eerst altijd even aan je snor draait.'

De meester schoot in de lach. Rob had kennelijk aan de andere kinderen over hem verteld. Hij liep naar het bed en gaf Rob een stevige hand.

Het gezicht van Rob was bleek en mager, maar daarin keken hem twee stralende ogen aan.

'Ik blijf maar heel even,' zei Brinkman, terwijl hij naar de moeder keek.

'Ik had u al veel eerder verwacht,' zei Rob. Hij wist dus niet dat zijn vader bezoek van de meester verboden had.

Jan Brinkman deed net alsof hij de opmerking niet hoorde. 'Ben je al een beetje opgeknapt?' vroeg hij.

Rob knikte en vroeg: 'En u, bent u al weer de oude? Ik vond het jammer dat onze hele middag in de soep is gelopen. Mijn vader zegt dat u nou niet meedoet aan de race, maar dat doet u toch wel, hè? De hele groep verheugt zich erop. Ja toch, u doet toch mee?'

Brinkman mompelde iets van 'ja, ik denk het wel.'

'Gisteren is Wijnen nog hier geweest,' ging Rob verder. 'Met een fruitmand van de hele klas. Hij zei dat u nog niet helemaal opgeknapt was van het ongeluk. U mocht wel wat wandelen en zo, maar nog geen lesgeven van de dokter.'

Jan Brinkman frommelde weer aan zijn snor. Nu, omdat hij inderdaad kwaad was. Iedereen scheen hier zijn best te doen om Rob van alles wijs te maken. Rob had geen flauw idee van wat er werkelijk aan de hand was. Maar toen hij weer naar het bleke gezicht van Rob keek, begreep hij dat het misschien beter was zo.

De moeder duwde de jongen nu zachtjes terug op zijn bed.

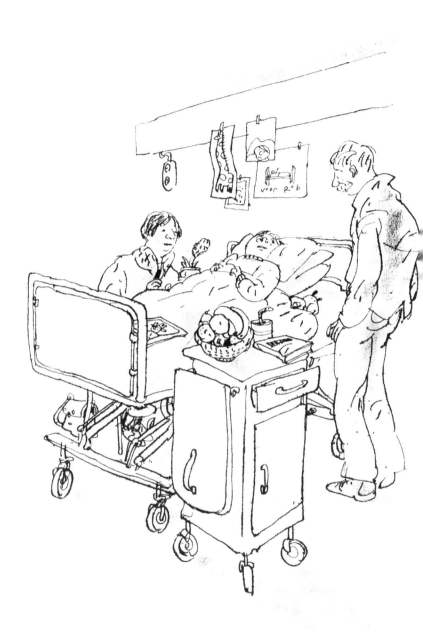

'Je maakt je veel te druk, Rob, je moet je rustig houden van de dokter, dat weet je.'

Brinkman knikte: 'Ja, ik dacht hier een zielig jongetje te vinden, maar je kletst me de oren van het hoofd.'

'Nou, maar ik ben ook zielig,' lachte Rob. 'Vooral als ik weer een prik in mijn bil krijg.'

Zijn moeder keek de meester glimlachend aan: 'Hij is weer veel te enthousiast.'

Rob knikte: 'Ja, als ik in bed lig wel, maar als ik vijf minuutjes rechtop mag zitten, dan barst ik weer van de koppijn.'

'Dat gaat ook over,' antwoordde de moeder. 'Als je maar precies doet wat de dokter zegt.'

De meester knikte instemmend: 'Ik denk dat die dokter van jou het beter vindt dat ik verdwijn. Anders wordt het veel te vermoeiend.'

'Komt u gauw weer eens?' vroeg Rob.

Brinkman gaf hem een hand: 'Ik denk van wel. Vlug beter worden, want anders is het veel te stil op school.'

Robs moeder gaf Brinkman ook een hand en zei: 'Hij had al een paar maal naar u gevraagd, maar wij hebben gezegd dat u ook ziek was. U begrijpt, eh...'

Brinkman knikte en draaide zich naar Rob: 'Nou, joh, vlug beter worden, ik kom gauw weer eens langs.' Hij liep naar de deur, daar stak hij zijn hand nog even op en ging naar buiten.

In gedachten verzonken liep hij de lange gang weer door. Bijna botste hij tegen iemand op. Toen hij opkeek en een excuus mompelde, staarde hij in het gezicht van Robs vader.

Met ingehouden woede keek de man hem aan en vroeg: 'U was bij mijn zoon?'

Brinkman zag weer even het stralende gezicht van Rob voor zich toen hij de zaal binnenkwam. Op zelfverzekerde toon antwoordde hij: 'Ja, ik bezoek altijd mijn leerlingen in het ziekenhuis.' Op hetzelfde ogenblik voelde hij dat het niet helemaal eerlijk was op zo'n manier tegen Robs vader te praten. Het ging nu goed met Rob, maar het had ook anders kunnen zijn. Wat wist hij, Jan Brinkman, eigenlijk af van de angst die de ouders hadden gehad na het ongeluk?

Robs vader keek hem nog steeds strak aan: 'Ik vind dat je nogal tekeergaat tegen mij, Brinkman.' Toen kneep hij zijn ogen samen en siste: 'Het is jouw schuld, schoft. Ik heb de pest aan je. Ik word misselijk van je.' Hij deed een stap opzij en liep langs de meester verder de gang door.

Jan Brinkman bleef wat beduusd staan. Robs vader haatte hem werkelijk. Hij had gehoopt dat ook de vader intussen had ingezien dat hij geen schuld had. Hoe kon hij Robs vader ooit uitleggen wat er gebeurd was? Hoe zou Robs vader ooit kunnen geloven dat hij er niets aan kon doen?

Jan Brinkman liep van het ziekenhuis naar zijn auto. Na de rit van vanmiddag in het bos was hij met zichzelf in het reine gekomen. Maar de ándere mensen, die ermee te maken hadden, hoe zouden die ooit overtuigd raken?

Hij wist niet dat het juist Rob was die het voor zijn meester opnam. Toen zijn vader op de zaal kwam, vertelde hij blij dat Brinkman was geweest.

De vader knikte en zei zacht: 'Ja, ik zag hem op de gang.'

'Ik vind het fijn dat onze meester weer bijna beter is,' ratelde Rob verder. 'Misschien dat hij toch nog aan de race meedoet.'

De vader wilde fel uitvallen en zeggen dat hij Brinkman ongenadig op zijn kop zou geven als hij dát durfde. Maar toen hij Robs lachende gezicht zag en zich herinnerde hoe hij een week geleden wanhopig bij diens bed had gezeten, hield hij zich in. Het was beter als Rob voorlopig niet wist hoe hij over Brinkman dacht.

Onwillekeurig begonnen er vragen op te komen. Had hij wel gelijk om Brinkman zo te haten? Was die werkelijk de schuld van alles? Had het niet iedereen kunnen overkomen? Nee, hij wilde niet twijfelen. Brinkman wás schuldig.

Maar Rob zelf had dat nooit zo gevoeld. Het eerste wat hij had gevraagd, toen hij weer bij zijn volle bewustzijn was, was hoe het met Anneke en zijn meester ging. En nú, nu was Rob helemaal vol van het bezoek van de meester.

Robs vader had dingen altijd zéker geweten in zijn leven. Voor hem waren de dingen zwart of wit. Die meester was schuldig, daar was hij van overtuigd geweest.

Maar terwijl hij hier aan het bed van zijn zoon zat, die vol vuur vertelde over de oude eend van zijn meester, die vast zou winnen, begon hij te twijfelen. Hij ontdekte voor het eerst dat niet alles zeker zou zijn. Dat niet alles zwart of wit was. Dat er ook nog grijs bestond.

Hoofdstuk 14

Dirk en Armando kwamen die vrijdagochtend met een geheimzinnig gezicht de speelplaats oplopen. 'We zullen het eerst aan die meiden daar vertellen.' Dirk knikte in de richting van Els en Mieke. 'Moet je opletten, dan weet iedereen het binnen vijf minuten.'
Ze liepen naar de twee meisjes. 'Dirk heeft wat van zijn vader gehoord,' zei Armando. 'Over die vent die Anneke heeft gezoend in het portiek.'
'Die haar probéérde te zoenen,' zei Dirk droog.
De twee meisjes brandden meteen van nieuwsgierigheid.
'Ze hebben hem gearresteerd,' ging Dirk verder. 'Hij wilde weer een meisje pakken.'
Els raakte er opgewonden van. 'Wanneer? Wanneer dan?'
Dirk keek Armando aan met een gezicht waarop te lezen stond 'zie je nou wel' en zei: 'Jullie zijn echt meiden!'
'Wat een onzin,' antwoordde Mieke snibbig. 'Dat heeft er niks mee te maken. Ik ben blij dat hij gepakt is. Mijn moeder jaagt mij steeds de stuipen op het lijf met haar gezeur van: Niet te laat thuis, Mieke. Pas op voor vreemde mannen, Mieke. Loop altijd door goed verlichte straten, Mieke. Je weet wat er met dat meisje uit je klas gebeurd is, Mieke.'
'Ik droomde van die man,' zuchtte Els. 'Ik dacht dat hij 's nachts door mijn raam naar binnen kwam.'
Armando keek de twee meisjes verbaasd aan: 'Jullie zijn hartstikke bang geweest.' Hij had daar nog helemaal niet bij stilgestaan, maar de meisjes uit zijn groep waren natuurlijk allemaal bang geweest.

'Was jij dan niet bang?' vroeg Els.

'Ik ben toch geen meid. Waarom zou ik?'

'Sukkel,' zei Mieke fel. 'Onze meester zei zelf dat die vent ziek is en achter *kinderen* aanzat. Wat ben jij dan?'

Armando keek hulpeloos naar Dirk, maar die was het dit keer helemaal met Mieke eens: 'Mijn vader waarschuwde mij ook steeds.'

Armando keek de anderen verbouwereerd aan. Hij was even overdonderd, omdat hij ineens begreep dat die man hém net zo goed had kunnen pakken. Maar al gauw begon hij weer te grijnzen: 'Die man had mij toch niet gepakt.' Hij wees op zijn donkere gezicht: 'Hij ziet mij toch niet in het donker.'

'O jawel,' ging Els er ernstig op in. 'Die mannen wél.'

Dirk begon te lachen: 'Laat je toch niet in de maling nemen door Armando.'

'Dat joch kan ook nooit eens serieus doen,' protesteerde Els.

Dirk haalde zijn schouders op: 'Wat geeft dat nou? Die vent is toch gepakt, daar gaat het toch om.'

'Wanneer?'

'Gisterenavond. Hij probeerde in de villawijk een meisje mee te lokken, maar iemand zag het en die heeft hem samen met een paar anderen vastgehouden en toen hebben ze de politie gebeld.'

'Wat spannend!' riep Els enthousiast.

'En wat gaan ze nou met hem doen?' vroeg Mieke.

'Nou, mijn vader zegt dat ze eerst gaan onderzoeken of hij wel normaal is. Als hij dat niet is, moet hij naar een inrichting.'

'Een gekkenhuis,' viel Armando hem in de rede. 'En als hij niet gek is, dan gaat hij de gevangenis in.'

'Dat soort mensen komt vaak in inrichtingen terecht, zei mijn vader. Ze zijn eigenlijk ziek. Daar proberen ze te helpen.'

Els knikte instemmend. 'Net wat onze meester zei. Maar wat voor een man is het eigenlijk? Ziet hij er eng uit?'

'Dat weet ik niet,' antwoordde Dirk. 'Mijn vader zei wel dat het een hele gewone man was, waarvan je het niet verwachtte. Meer wist hij ook niet.'

'Zullen we het Wijnen vertellen?' stelde Armando voor.

De meisjes gaven geen antwoord meer, want ze zagen Anneke lopen en holden er meteen naartoe.

Dirk bleef bij Armando staan en zei: 'Wijnen weet het al. Die hebben ze gisterenavond al van het bureau gebeld. Laten we er maar niet over beginnen. Wijnen wil er toch niet met ons over praten. Dat heeft hij zelf tegen onze meester gezegd.'

Toen ze even later langs Wijnen naar binnen liepen, hield Dirk dan ook zijn mond. In de gang, bij het uittrekken van hun jassen, fluisterde hij tegen Armando: 'Laten we maar wachten tot onze meester terug is. Met die kan je tenminste gewoon praten over dat soort dingen.'

De ochtend verliep verder rustig in groep zeven. De kinderen waren eerst wel wat opgewonden over het bericht van de arrestatie van 'de man in het portiek', zoals ze hem noemden. Maar toen Wijnen begon met 'neem je rekenboek voor je,' snapten ze dat hij er niet over wilde praten.

Armando probeerde eerst nog iets te verzinnen om Wijnen aan het praten te krijgen, net als toen bij Brinkman met het zinsontleden. Maar al gauw gaf hij het op: Wijnen zou daar vast niet van gediend zijn.

Tegen twaalf uur leek het even of hij er toch nog over wilde praten. Hij zei: 'Jongens en meisjes, ik heb jullie nog een paar dingen te zeggen. Allereerst heb ik hier een kaart van Rob. Hij schrijft:

> Beste allemaal.
> Mijn moeder schrijft voor mij op deze kaart wat ik zeg. Ik mag zelf nog niet schrijven of lezen. Het gaat al weer veel beter met me. Ik mag iedere dag al heel even op de rand van mijn bed zitten. Je kunt hier op de zaal wel lachen. Nog erg bedankt voor de fruitmand. Onze meester is ook nog even geweest. Nou, dag allemaal. Veel groeten van Rob.

Verder kan ik jullie zeggen,' ging Wijnen verder, 'dat meester Brinkman volgende week weer op school komt.'
Een zacht instemmend gemompel ging door de klas: iedereen had er al op gerekend. Ze waren blij dat ze hun eigen meester weer kregen, maar uiteindelijk was Wijnen toch meegevallen. Het was eigenlijk gek dat je zo snel aan een andere meester kon wennen.
Toen ze om twaalf uur naar huis gingen, heerste er een opgewekte stemming onder de kinderen. Ze leken opgelucht nu alle problemen zich vanzelf schenen op te lossen.
Buiten kwam Armando naast Dirk lopen en zei moedeloos: 'Gek, hè. Iedereen doet ineens zo tevreden. Die vent is gepakt, Rob wordt beter en onze meester komt weer terug. Maar ik heb een raar gevoel... ik weet het niet... wat hebben wij nou eigenlijk voor onze meester gedaan? Behalve Bart dan, die zei tenminste nog iets.'
Zwijgend liepen ze in de richting van het voetbalveld. Dirk keek Armando van opzij aan: soms verbaasde hij zich over hem. Armando leek zich nooit zorgen te maken over iets en alleen maar uit te zijn op flauwekul. Maar dan ineens kon

hij precies de goede dingen doen of zeggen. Zoals nu, want Armando zei precies wat Dirk de laatste dagen gevoeld had: iedereen had net gedaan alsof ze Wijnen geloofden, terwijl ze vorige week op het landje van Els gehoord hadden wat er echt aan de hand was.

Dirk zuchtte: 'Ik heb een hartstikke rotgevoel. Net of we Brinkman verraden hebben of zo.' Hij gooide zijn tas tegen een doelpaal en ging ernaast zitten: 'Maar wat hadden we dan moeten doen?'

Armando grijnsde: 'Een bom onder Wijnen zijn stoel en boem, weg Wijnen.'

Dirk kon er niet om lachen: 'Net of dat alles oplost.'

Armando keek hem verbaasd aan: 'Wat doe jij ineens serieus. Je lijkt Els wel. Je kunt toch net doen alsof je een bom plaatst. Dan heb je tenminste nog een beetje het gevoel dat je íets doet.'

'Weet je,' zei Dirk, terwijl hij één voor één grassprietjes uittrok, 'mijn vader zegt dat het een grotemensenprobleem is. Wij moeten ons daar niet druk over maken. We komen pas kijken, zegt hij.'

Armando knikte: 'Ja, dat zegt de mijne ook altijd. Wij zijn nog maar snotneuzen en zo. Maar ondertussen zitten we er toch mooi mee.' Hij probeerde op te springen om aan de dwarslat boven in het doel te gaan hangen.

Dirk keek op van zijn grassprietjes. 'Pas maar op, dadelijk komt dat ouwe kereltje weer van de gemeente: "Jongens, daarvoor zijn de doelen niet gemaakt," ' en hij probeerde een krakerig stemmetje na te doen.

Armando had beet en telde: 'Een... twee... drie...' Laatst had hij het achtentwintig tellen uitgehouden. Vandaag kwam hij niet verder dan zestien. Met een plof liet hij zich naast Dirk neervallen. 'Het lukt niet meer,' hijgde hij.

'Dat komt door de uitputtende dagen bij Wijnen,' antwoordde Dirk.

Armando haalde zijn schouders op. 'Ach, hij viel best mee, jammer genoeg.'

Het bleef even stil.

'Morgen is het,' zei Dirk.

Armando wist meteen wat hij bedoelde: de grote race, waar ze zich zoveel van hadden voorgesteld.

Dirk keek even naar Armando en zag zijn teleurgestelde gezicht. Hij moest weer aan zijn plan denken. Al een paar dagen liep Dirk ermee rond. Eerst had hij het te gek gevonden en er met niemand over willen praten. Maar nu de

dag van de race zo dichtbij was, kon hij zijn plan bijna niet meer uit zijn hoofd zetten.

Eigenlijk had Anneke hem op het idee gebracht, toen ze laatst op de speelplaats nog een keer over de race gepraat hadden. Anneke zei toen dat de meester helemaal niet met de race zelf mee hoefde te doen: er was ook een prijs voor de leukst versierde auto.

Daar had Dirk vooral aan gedacht en toen ontstond een plan. Hij had het weer proberen te vergeten en er niet over gepraat, omdat het allemaal te mooi leek. Hij was bang geweest dat de groep hem zou uitlachen, of zou zeggen dat het weer een van zijn rare invallen was. Zelfs met Rolf, zijn beste vriend, was hij er niet over begonnen.

Maar nu Armando zei dat ze iets moesten doen, kon hij het niet langer voor zich houden. Voorzichtig begon hij: 'Er is ook een prijs voor de leukst versierde auto.'

Armando keek hem verbaasd aan: 'Als meester dat doet, dan wordt Robs vader vast ook kwaad en dan slaat hij...'

'Meester hoeft het niet te doen,' onderbrak Dirk hem. 'Wíj kunnen toch de auto versieren. Met de hele groep of zo?'

'Dat vindt onze meester nooit goed!'

Ook daar had Dirk aan gedacht. Hij wist precies hoe het zou moeten gaan, en hij besloot nu het Armando haarfijn uit te leggen.

'Onze meester hoeft het ook niet te weten,' zei hij.

Armando's mond viel open van verbazing.

'We halen morgen heel vroeg de auto weg voor zijn huis, versieren hem en brengen hem naar het IJsselse Bos.' Dirk zei het alsof het heel gewoon was.

Armando staarde hem nog steeds met open mond aan.

'En doe nou je mond dicht,' ging Dirk verder.

Er kwam weer een brede lach op Armando's gezicht: 'Te

gek, hé! Maar hoe krijgen we dat ouwe ding van de meester in beweging?'

'Nou gewoon,' antwoordde Dirk. 'We gaan door het dak.
Op die eend zit een linnen dak, dat je van buitenaf kan
openen. Iemand kruipt in de eend, zet 'm van de handrem
en de rest van de klas duwt.'

Armando gaf Dirk een klap op zijn schouder. 'Een hartstikke goed plan. Ik zal wel in de auto klimmen en sturen.'

Dirk haalde opgelucht adem. Hij had nu tenminste nog iemand die het een goed idee vond. 'Ik fiets vanmiddag langs

het huis van de meester om zeker te weten of zijn eend er staat,' zei hij.

'Zal ik de rest van de klas waarschuwen?' vroeg Armando. 'We kunnen toch weer om vier uur op het landje bij elkaar komen en alles vertellen, en kijken wie er meedoet?'

Dirk keek bedenkelijk. 'Als het dan maar niet weer zo'n rotzooitje wordt, net als de vorige keer.'

'Dan dreun ik Bart in elkaar,' riep Armando, die nu helemaal warmliep voor het plan en het door niemand wilde laten mislukken.

'Ik denk dat dat niet nodig is,' zei Dirk. 'Bart doet vast wel mee.'

Vol goede moed renden ze naar huis om snel te gaan eten. Ze waren alle twee een beetje opgelucht: eindelijk ging er dan toch wat gebeuren.

Bijna de hele klas kwam die middag op het landje achter de flats. Armando had iedereen nieuwsgierig gemaakt door te zeggen dat Dirk en hij een grandioos plan hadden bedacht voor de meester. Mieke en Els hadden hem wel tien keer gevraagd wat het was, maar Armando wilde niets vertellen: 'Kom vanmiddag maar!'

Els was erg boos geworden. Zij kon nou eenmaal niet hebben dat er op school iets gebeurde waar zij niets van af wist. Ook Dirk zweeg. Mieke probeerde hem op een heel vriendelijke manier aan het praten te krijgen: 'Ach Dirkie, óns kun je het toch wel vertellen? Wij zullen niets verklappen. De vorige keer, toen Els had afgeluisterd, hebben we jou toch ook alles verteld? Toe, joh...'

Dirk schudde nee: 'Het is beter als jullie nog niets weten.'

'Vooral jullie, want jullie zijn net de radio-nieuwsdienst,' had Armando eraan toegevoegd.

Dirk knikte: 'Denk maar aan vanmorgen, toen wist binnen

vijf minuten iedereen dat die vent gepakt was.'

Mieke ontplofte. 'Rotjochies, jullie denken zeker dat je belangrijk bent. Ik kom mooi niet vanmiddag en ik haal de hele groep over niet te gaan. Dan kunnen jullie wel op het dak gaan zitten met je idiote plan!'

Dirk keek haar even strak aan. Hij probeerde erachter te komen of ze het nou echt meende of hem alleen maar bang wilde maken. Hij hield het op het laatste, trok Armando aan zijn arm en draaide zich om. Toch kon hij het niet laten onder de les scherp op Els en Mieke te letten. Ze zaten alleen maar druk met elkaar te fluisteren, maar de andere kinderen van de groep lieten ze met rust.

Toen Armando en Dirk die middag naar het landje liepen, keken ze wel tien keer om, maar gelukkig zagen ze dat bijna de hele klas naar het landje kwam. Ook Els en Mieke.

Ze hadden van de vorige keer toch wel wat geleerd, want toen Dirk op een heuveltje klom en om stilte vroeg, werd iedereen ook meteen stil.

Hij keek eerst wie er niet waren. Bijna de hele groep was er, op drie kinderen na. 'Frank moest schoenen kopen met zijn moeder,' wist iemand te melden, 'maar hij komt nog bij mij langs om te horen wat we van plan zijn.'

De twee anderen moesten in het weekend uit logeren.

'Dat is wel jammer,' vond Dirk, 'maar dan kunnen ze toch niet meedoen.'

'Waaraan dan? Wat gaan we dan doen? Vertel het nou!' riep iedereen door elkaar.

Dirk stak zijn hand op. Het werd meteen stil. Hij vertelde het plan. Heel kort en duidelijk. Hij had het voor zichzelf wel tien keer geoefend, om zeker te zijn dat iedereen het direct zou snappen. Hij vertelde het alsof het de gewoonste zaak van de wereld was: 'Zo ontvoeren we de ouwe eend en als we hem door de polder naar het bos duwen, ziet niemand ons. In het bos schilderen we de eend en zo wint onze meester toch een prijs,' besloot hij zijn verhaal.

Armando was nu naast hem komen staan: 'We weten dat de ouwe eend bij hem voor de deur staat. Als iedereen morgenvroeg tegen zeven uur in de buurt van Brinkmans huis komt met potten verf, dan brengen we de auto naar het IJsselse Bos en schilderen hem daar op. Als we maar vóór half tien klaar zijn, want vanmorgen stond in de krant dat het dan begint.'

'En onze ouders dan?' riep Els meteen. 'Die vinden het zeker gewoon dat je op zaterdagmorgen zo vroeg de deur uitgaat!'

'mijn moeder begint vast weer over aanranders,' zei Mieke moedeloos.

'Sommigen mogen misschien zo weg,' antwoordde Dirk. 'Of anders bedenk je een smoes.'

Armando knikte. 'Je zegt dat je gaat zwemmen. Het overdekte zwembad gaat altijd om zeven uur open.'

'Je sluipt toch gewoon stiekem het huis uit,' zei Rolf. 'Mijn ouders merken toch niks. Die slapen altijd uren uit op zaterdag.'

Bart grinnikte: 'Die van mij zullen blij zijn dat ik ophoepel. Die zeuren altijd dat ik te veel herrie maak.'

'Natuurlijk,' ging Dirk enthousiast verder. Hij voelde dat hij steeds meer aanhang kreeg. 'Anders kun je altijd nog later komen en onderweg in de polder aansluiten. Of zorgen dat je om een uur of half negen in het IJsselse Bos bent. Dan kun je toch iets voor onze meester doen.'

Een paar kinderen aarzelden nog, maar die werden overgehaald door de anderen. Ze konden het toch altijd proberen. Het zou in elk geval spannend worden.

Iemand zei nog dat het wel gek was, wanneer er zomaar een stel kinderen met een ouwe eend over straat sjouwde, maar die bezwaren werden weggewuifd. Op zaterdagochtend was er geen mens op straat en als het misliep konden ze altijd nog de meester waarschuwen. Nee, ze zouden die ouwe eend wel eventjes naar het bos brengen en flink onder handen nemen met verf. Die prijs voor de mooist versierde auto was voor Brinkman, dat was nu wel zeker.

Dirk keek trots naar de kinderen beneden hem.

'Dat wordt gaaf,' brulde Armando.

'Banzai,' antwoordde Dirk.

Els kwam naast hem staan: 'Je was toch wel een beetje bang, hè, dat we iedereen zouden overhalen om weg te blijven. Je keek onder de les steeds naar ons. Maar je plan is goed.'

Mieke gilde nu: 'Leve de ouwe eend van Brinkman!'

Een luid gejuich was het antwoord.

'Leve groep zeven!'

Toen iedereen uitgeroepen was, stak Dirk zijn hand op. Het werd stil. 'Denk erom dat je in elk geval niets tegen je ouders zegt. Want als iemand het merkt en Wijnen waarschuwt, loopt alles in de soep. Probeer alle verf die je vinden kunt, gewone verf en waterverf, mee te nemen. Laten we proberen tussen kwart voor zeven en zeven uur morgenvroeg op de hoek van de straat te zijn waar Brinkman woont. Bij het elektriciteitshuisje.'

Vrolijk verlieten ze nu het landje. Iedereen was opgelucht. Eindelijk ging er dan toch wat gebeuren. Ze bespraken uitvoerig met elkaar op welke manier ze de volgende ochtend thuis weg zouden komen, hoe de eend eruit zou gaan zien, en hoe de ontvoering van de ouwe eend zou verlopen.

Gelukkig wisten ze toen nog niet dat het allemaal veel moeilijker zou gaan, dan ze nu dachten.

Hoofdstuk 15

Om zes uur liep bij Dirk de wekker af. De vorige avond had hij demonstratief zijn zwemspullen ingepakt. Eerst had hij nog geaarzeld of hij toch niet alles aan zijn ouders zou vertellen. Die waren niet zo moeilijk en zouden het vast een goed idee vinden. Maar toen het erop aankwam, zei hij toch maar: 'Mam, wil je vanavond wat brood klaarzetten? Ik ga morgenvroeg om zeven uur zwemmen in het overdekte met Rolf en Armando. We gaan lekker vroeg, dan hebben we de duikplank helemaal voor onszelf.'

Zijn moeder vond het wel een beetje vreemd: 'Je gaat toch nooit zo vroeg?'

Zijn vader haalde zijn schouders op: 'Die zoon van ons heeft wel meer van die rare invallen. Laat hem maar.'

'Moet ik je roepen?' vroeg moeder.

Dirk maakte een achteloos gebaar: 'Nee hoor, ik zet mijn wekkertje wel.' Stel je voor, hoe zou hij dan ooit kunnen uitleggen waarom hij die twee potten verf uit het schuurtje meenam?

Zijn vader was in de lach geschoten: 'Ons Dirkje zet zijn wekker. Is dat niet geweldig? Ik ken dat. Zodra die afloopt geef je er een dreun op en val je weer in slaap. Ondertussen ben ik mooi klaarwakker op mijn vrije dag.'

'Nee, nee,' had Dirk geprotesteerd. 'Echt niet, jullie worden echt niet wakker. Ik beloof het.'

Het was hem inderdaad gelukt. Hij was al half wakker geweest en bij het eerste geluid drukte hij het knopje in. Nadat hij in de keuken heel stil zijn brood had gegeten, was hij het huis uitgeslopen. Beneden in het schuurtje, onder de flats, stonden twee potten verf klaar. De vorige avond had hij ze keurig om het hoekje van de deur gezet.

Toen hij de straat inliep, schrok hij van zijn eigen voetstappen. Het was nog doodstil en elke stap galmde tussen de flats door. Het begon al aardig licht te worden. Hij hield in iedere hand een pot verf. Uit zijn jaszak staken een paar kwasten. Hij leek een schilder op weg naar zijn werk. Ineens bleef hij met een schok staan: hij had zijn zwemspullen thuis laten liggen. In het halletje, op de paraplubak.

Hij berekende snel zijn kans. Teruggaan kon niet meer. Hij had om half zeven afgesproken met Rolf en Armando bij de fotozaak op de hoek. Dat zou hij niet halen. Dan maar laten liggen. Zijn ouders stonden meestal om een uur of half negen op. Zijn vader liep dan meteen naar het halletje voor de krant. De kans dat die met zijn slaperige hoofd niets zou merken, was vrij groot. Vooruit, hij moest het er maar op wagen. Ze zouden er toch wel achter komen vandaag. Bij de fotozaak stond Armando al te wachten. 'Het ging erg gemakkelijk,' zei hij. 'Ik ben gewoon heel stilletjes vertrokken. Ik heb een briefje neergelegd dat ik ben gaan zwemmen. Alleen Rolf is er nog niet.'

Dirk kreunde: 'Verslapen natuurlijk. Vorig jaar met schoolreisje kwam hij ook op het laatste moment aanzetten. Kom mee.'

Ze renden in de richting van de flat van Rolf. Hij woonde op de tweede verdieping. Alle gordijnen waren gesloten. Armando wees triomfantelijk naar boven: 'Zie je wel, wat een sukkel.'

'Dat raam met die groene gordijnen, daar slaapt hij,' wees Dirk.

Armando pakte een steentje, kneep zijn ogen samen en

wierp het feilloos tegen het raam. Ze wachtten gespannen, maar er gebeurde niets.

Nu pakte Dirk een steentje en mikte. 'Jeetje,' siste hij, 'te laag.' Het steentje was een verdieping lager tegen het raam geknald.

Armando trok hem aan zijn jas: 'Wegwezen!' Ze renden de straat over en verstopten zich in een portiek van een stoffenwinkel.

Vanuit hun schuilplaats gluurden ze gespannen naar het raam. Er verscheen een woedend hoofd. De getergde benedenbuurman van Rolf. Hij gooide het raam open en loerde, terwijl hij zich stevig op het hoofd krabde, de straat in. Daarna sloot hij het raam weer en trok met een ruk het gordijn dicht.

'Dat was op het nippertje,' fluisterde Armando.

Dirk proestte: 'Wat een hoofd had die man.'

Opeens hoorden ze voetstappen. 'Wat krijgen we nou?' en Armando dook weer in elkaar, Dirk met zich meetrekkend. Toen verscheen er een kleine gestalte bij de ingang van het portiek en een stem zei: 'Wat doen jullie raar?'

Het was Rolf.

'Banzai,' riep Dirk zachtjes. 'Wij riskeren hier voor jou ons leven en jij loopt allang buiten. Waar zat je?'

'Ik liep al om kwart over zes buiten. Ik heb de hele tijd bij die autozaak staan wachten, maar jullie kwamen niet.'

Armando schudde moedeloos zijn hoofd: 'Fótozaak, niet autozaak.'

Rolf deed net alsof hij niets hoorde. 'Zagen jullie dat hoofd van meneer Pluym? Ik kwam net om de hoek toen hij uit het raam hing.'

Dirk wees naar boven: 'Als je hem nog eens wil zien, daar is hij weer.'

Achter het raam stond meneer Pluym met opgeheven vuist in hun richting te zwaaien.
'Lopen!' hijgde Armando, en zo snel mogelijk renden de drie jongens de straat uit.

Een paar straten verder stond Els onder het raam van Mieke. Achter het raam stond een wanhopige Mieke 'nee' te schudden. Ze hield een papier omhoog, waarop met grote letters stond: 'Ik kan niet weg.'
Els stak niet-begrijpend haar armen in de lucht.
Mieke maakte voorzichtig het raam open en riep bijna fluis-

terend: 'Ik durfde niks te zeggen tegen mijn ouders. Ik wilde vanmorgen stiekem weg zien te komen, maar mijn moeder is al op. Net vandaag!' Haar stem klonk alsof ze elk ogenblik kon gaan huilen.

Els had het ook even te kwaad. Juist nu, nu het zo goed ging, was haar beste vriendin er niet bij. Dat kón niet, dat mocht niet gebeuren! 'We moeten iets verzinnen,' riep ze zachtjes naar boven.

Mieke knikte heftig van 'ja' en draaide zich toen met een ruk om. Achter haar was plotseling haar moeder in de raamopening verschenen. Ze keek verbaasd naar beneden. 'Wat doe jij in vredesnaam zo vroeg op straat, Els?' Op haar arm droeg ze een jonge kat. Het was de poes die Mieke voor haar verjaardag had gekregen.

Els slikte even en antwoordde toen met haperende stem: 'Ik... kom Mieke... eh... halen, mevrouw.'

'Zó vroeg??'

Toen kreeg Els een inval. Ze keek strak naar het jonge katje op de arm van Miekes moeder. 'Onze poes krijgt jongen. Mieke wilde dat graag zien. Mijn vader zegt dat het elk moment kan gebeuren. Ik wilde vragen of Mieke mag komen kijken.'

Miekes ogen begonnen te fonkelen. Ze keek haar moeder aan en werd knalrood. 'Dat wil ik zien,' riep ze.

'Nou, je bent er nogal opgewonden van,' zei de moeder.

Beneden stond Els ook rood te worden. Ze waren wel bezig om Miekes moeder aardig te beduvelen, maar het lukte. 'Kleed je maar gauw aan,' zei ze.

Het raam werd gesloten en even later liepen Els en Mieke opgewonden op straat. 'Dat was op het nippertje,' hijgde Mieke. 'Maar hartstikke goed van je, van die poes.'

Els begon te gieren van de lach: 'Die ouwe kater van ons,

144

de schat, die krijgt van zijn levensdagen toch geen jongen.'
Toen ze even later Mickey en Anneke tegenkwamen, vertelden ze uitvoerig het verhaal.

Om tien minuten voor zeven stond er al een groepje van ongeveer twintig kinderen op de hoek van de straat waar Brinkman woonde. Sommigen droegen zwemgoed onder hun arm. De meesten hadden ook verf meegenomen. Jan-Wim stond wat onhandig te manoeuvreren met een hengel. 'Ik heb gezegd dat ik ging vissen. Toen ik weg wilde gaan, was mijn moeder al op en ze ging me uitzwaaien, dus moest ik dat ding wel meenemen.'
'Je mag niet eens vissen,' merkte Bart droog op. 'Het visseizoen is nog gesloten.'
Jan-Wim haalde zijn schouders op: 'Daar weet ze toch niks van.'
Dirk stond midden in het groepje. Hij klapte zachtjes in zijn handen. 'Luister, als we dadelijk de auto gepikt hebben, moeten er een paar van ons een flink stuk vooruitlopen om te waarschuwen als er onraad is.'
Jan-Wim stak zijn hand op: 'Dat doe ik wel. Als ik wat merk, fluit ik op mijn vingers.'
'Er moet ook een meisje bij,' vond Els.
Kleine Mickey drong zich nu naar voren: 'Ik ga wel mee met Jan-Wim.'
'Zo zo,' grinnikte Els.
Mickey zette haar handen in de zij. 'Doe niet zo melig, joh. Doe jij het dan.'
Dirk, die geen zin had in kleine kibbelarijtjes, kwam tussenbeide en zei: 'Goed, Jan-Wim en Mickey gaan vooruit en waarschuwen ons.'
'Waarvoor eigenlijk?' vroeg Mieke nuchter.

Er viel een stilte. De kinderen keken elkaar aan. Nu het zo dichtbij kwam, leek het ineens allemaal veel moeilijker dan ze gedacht hadden. Ze keken de straat in. Ongeveer halverwege stond de ouwe groene eend van de meester tussen andere auto's in. Wat moesten ze eigenlijk doen als ze door iemand gezien werden? Het was nu nog doodstil op straat, maar er kon altijd iemand komen.

Bart was de eerste die het zei: 'Ik wil best wat doen voor Brinkman, maar dit is wel link.'

Mieke knikte instemmend: 'Als de politie ons ziet, zijn we erbij.'

Els protesteerde: 'Heb ik daarvoor die arme ouwe kater van ons laten jongen? Nu moeten we doorzetten.'

Dirk stootte Armando aan: 'Alles gaat mis.'

Armando's ogen fonkelden en er kwam een verbeten trek om zijn mond. 'Wacht hier,' zei hij alleen maar en hij liep op zijn gemak, met zijn handen in zijn zakken, naar de ouwe eend. Hij liep er eerst achteloos langs, zoals hij wel eens had gezien in een film, toen een stel boeven de bank wilde overvallen: ze verkenden eerst de omgeving. Daarna keek hij even naar boven, naar de ramen van de meester. Toen stapte hij op de auto af en begon wat aan het dak te rommelen. De kinderen keken vanuit de verte gespannen toe. Els pakte de hand van Mieke en kneep erin: 'Hij heeft hem open.'

Met een ruk trok Mieke haar hand terug. 'Joh, knijp niet zo!'

Armando stapte nu handig op de bumper, zette zich af en dook door het dak voorover de auto in.

De kinderen lachten zachtjes. Anneke zei trots: 'Goed, hè!'

Armando had nu de deur van binnenuit opengemaakt en

146

stapte uit. Voorzichtig maakte hij het dak weer dicht en wenkte naar de kinderen.

Plotseling hoorden ze voetstappen achter zich. Ze draaiden zich om: een man die zijn hond uitliet. Armando had het ook gezien en was razendsnel de auto ingevlucht.

De man kwam dichterbij: 'Zo jongelui, jullie gaan op stap vandaag?'

Ze mompelden iets van: 'Ja, meneer.' En Dirk, die weer moed had gekregen door wat Armando had gedaan, kwam naar voren. 'We gaan er met onze club op uit, meneer.'

'Leuk, jongens. Ik zie dat jullie ook gaan schilderen.'

'Ja, meneer,' riep Marianne brutaal. 'We gaan onze hut in het bos schilderen.'

'Nou, veel plezier dan,' en de man liep door.

De kinderen keken hem gespannen na. Armando zat diep weggedoken in de eend en zonder iets te merken liep de man de straat uit. Ze haalden opgelucht adem. 'We lijken inderdaad een of ander clubje met die zwemspullen en hengel,' merkte Bart op.

Iedereen scheen toch weer een beetje moed gekregen te hebben, want toen Els zei: 'Nu gaan we duwen,' rende iedereen zo zacht mogelijk naar de auto. Armando zat grijnzend achter het stuur. Hij had het raampje opengedraaid. 'Ik heb hem al van de handrem af. Geef die verf, die handdoeken en die hengel maar hier. Die kunnen op de achterbank.'

'Wat doen we nou als er weer iemand komt?' vroeg Mieke. Armando hees zich half uit het raam. 'Zodra Jan-Wim en Mickey waarschuwen, dan zoveel mogelijk naar de kant duwen en allemaal wegwezen.'

Rolf stootte Dirk aan en fluisterde net iets te hard: 'Ik doe het in mijn broek van angst.'

De kinderen grinnikten.

'Onze kleuter is bang,' schimpte Els.

'Jij dan niet?' vroeg Bart.

'Ophouden,' snauwde Dirk. 'We hoeven maar een klein stukje langs de huizen. Als we eenmaal in de polder zijn, is het veilig. Nou, we gaan duwen.'

De kinderen gingen naast en achter de auto staan en op een zacht 'Ja!' van Armando zette de stoet zich in beweging. De eerste meters gingen erg moeizaam. Mieke wilde net zeggen dat ze dit nooit vol zouden houden, toen ze voelde dat de auto, nu hij eenmaal reed, veel meer meegaf.

Mickey en Jan-Wim liepen een stuk vooruit.

Armando zat op zijn knieën op de bank achter het stuur en kreeg de wagen zonder botsing de straat uit.

Zwijgend duwden de kinderen de wagen voort. Af en toe fluisterde iemand iets, maar het 'ssssst' van de anderen zorgde ervoor dat het weer snel stil was. Ze gingen door een lange brede straat met aan beide kanten hoge flats met smalle donkere portieken, waarin trappen omhoogliepen. Het was intussen licht geworden, maar de straten bleven verlaten. Hoe lang liepen ze nu al? Een kwartier? Een halfuur?

Toen klonk er opeens een snerpend fluitsignaal. 'Naar de kant!' fluisterde Dirk. 'Snel!'

De meeste kinderen schoten meteen de donkere portieken in. Sommigen aarzelden of ze nog zouden blijven duwen of weglopen. Dirk schold: 'Bangeriken! Stelletje schijters!' De ouwe eend had nog een aardig vaartje en reed een stukje door. Armando maakte er gebruik van door de auto naar de stoeprand te sturen en achter de achterbank te duiken. In de verte draaide een politieauto de straat in.

'Nou niet meer weglopen,' zei Dirk boos tegen de kinderen die er nog stonden, 'anders hebben ze alles door.'

148

De agenten Wolters en Kramer reden in hun kleine patrouille-wagentje hun laatste rondje door de wijk.

Agent Wolters gaapte: 'Het zit er bijna weer op voor vannacht. Op naar moeders.'

Agent Kramer knikte: 'Rustig nachtje gelukkig.'

Toen viel hun oog op een groepje kinderen dat aan de kant van de weg stond.

'Moet je dat zien,' en agent Wolters stopte. Agent Kramer draaide het raampje open en wenkte naar de kinderen. Aarzelend kwamen er een paar naar hem toe.

'Al zo vroeg uit de veren?' vroeg de agent vriendelijk.

'We gaan met onze club op stap,' antwoordde een lange magere jongen brutaal. 'Mag dat soms niet?'

Het was Bart.

Dirk, die achter hem stond, gaf hem een stomp in zijn rug. Dat was nou net niet de goede manier om antwoord te geven, vond hij.

'Wat voor club?' vroeg de agent nu streng.

Bart draaide zich met een vragend gezicht naar Dirk. Die deed een stap naar voren: 'Biologie-club, meneer.' Achter hem klonk een onderdrukt geproest van Els.

'Biologie?' vroeg de agent achter het stuur verbaasd.

'Ja,' antwoordde Dirk en hij begon uit te leggen: 'Beestjes en zo bestuderen.'

Beide agenten keken hem nu onderzoekend aan. Dirk voelde zich rood worden.

Rolf, die samen met een stel kinderen vanuit een donker portiek alles zat te volgen, fluisterde: 'Dirk wordt tomatig!'

Anneke beet zenuwachtig op haar nagels: 'Het gaat mis. Het gaat mis.'

Angstig keken de kinderen in het portiek elkaar aan. Ze waren erbij. Ze voelden het. Alles was voor niets geweest.

Marianne, die helemaal achteraan in het portiek stond, duwde nu alle kinderen opzij.

'Wat ga je doen, wat doe je?' fluisterde iedereen zenuwachtig. 'Niet te ver naar voren, niet in het licht, dan zien ze je!' Maar dat was juist haar bedoeling. Ze had, omdat ze zo lang was, in de achterhoede alles goed kunnen volgen en was vastbesloten om te laten zien dat zij niet zo'n bangerik was als Dirk wel dacht. Ze rende het portiek uit in de richting van de politieauto. 'Hoi, jongens,' riep ze enthousiast. 'Is onze meester er al?'

De kinderen draaiden zich om. Bart was de eerste die begreep wat de bedoeling was.

'Nee,' antwoordde hij. 'Die is toch altijd te laat.'

De agenten liepen erin. 'Waar gaan jullie dan heen met die meester van jullie?' vroeg een van hen.

'IJsselse Bos,' antwoordde Dirk. Het deed hem goed eindelijk iets te kunnen zeggen wat wél waar was.

'En jullie meester komt zo?' vroeg de agent nog.

'Ja,' riep Els nadrukkelijk. 'Maar hij is bijna nooit op tijd.' Ook dat was niet gelogen.

'Nou, veel plezier dan,' en de agent draaide het raampje dicht. De auto zette zich weer in beweging. Toen keek een van de agenten in de richting van de ouwe eend. Hij gebaarde te stoppen. De kinderen zagen dat ze tegen elkaar spraken. Wat zou er nu weer zijn? Een van de agenten haalde een boekje te voorschijn en begon wat op te schrijven.

'O nee,' kreunde Dirk. 'Een bon. De meester krijgt een bon.'

De deur van de politieauto ging open en een van de agenten stapte uit.

'Krijgt die auto een bon, meneer?' vroeg Bart voorzichtig.

De agent knikte. 'Die mag daar helemaal niet staan. Aan die kant van de straat geldt een parkeerverbod.' Hij liep recht op de auto af.

De kinderen keken elkaar aan. In het portiek drukten ze elkaar bijna plat tegen de muur. Met ingehouden adem wachtten ze af, en Els had moeite om niet in gillen uit te barsten.

Als Armando maar niet ontdekt werd.

De agent stopte het papiertje achter de ruitenwisser, keek

even onderzoekend in de auto en liep weer terug. Hij had niets gemerkt.

Toen hij instapte en de auto wegreed, bleven de kinderen hem zwijgend nastaren. Iedereen scheen te verwachten dat hij nog eens om zou draaien. Maar gelukkig verdween de auto om de hoek. Sommige kinderen begonnen te juichen. 'Stil nou,' siste Marianne. De kinderen waren weer uit het portiek gekomen. Rolf liep meteen naar Dirk, die nog steeds strak stond te turen naar de hoek waar de auto verdwenen was.

'Wat doe je nou?' vroeg Rolf. 'Die smerissen zijn toch weg?' Dirk zuchtte: 'Ja, dat scheelde niet veel.'

Els grinnikte. 'Jij ook met je achterlijke biologie-clubje. Ik zie ons al met onze neus over de grond door het bos kruipen op zoek naar torretjes.'

Dirk draaide zich om: 'Nou en?' Hij was door de opmerking van Els weer helemaal zichzelf. 'Heb jij nog nooit de veldmuis bestudeerd, of de luis of de rode mier?'

Els griezelde: 'Hou op met dat enge gedoe!'

Dirk wist precies hoe hij Els bang moest krijgen. 'Ook in huis vinden wij deze gasten. Neem nou de huismuis en laatst vond ik een kakkerlak in mijn bed.'

Rolf staarde hem ongelovig aan: 'Echt waar? Hè, wat eng.' 'Ja,' verzekerde Dirk hem, 'met een slaapmuts op.'

De kinderen lachten en Mieke haalde de bon onder de ruitenwisser uit. 'Wat doen we hiermee?' vroeg ze gniffelend. 'Leuk voor Brinkman. Dankzij ons krijgt hij een bon.'

Dirk tikte tegen het raam van de eend. Armando kwam achter de bank te voorschijn en opende het raampje. Mieke wapperde met het papiertje. 'Je mag wel eens beter parkeren. Je stond verkeerd.'

Armando schaterde. 'Die zullen we Brinkman na afloop

aanbieden, samen met de prijs voor de mooist versierde auto.'

'Uitstekend,' zei Dirk. 'Als prijs voor de slechtst geparkeerde auto.'

Vol goede moed gingen de kinderen verder. Nu kon het niet meer fout gaan. Zelfs de politie was erin gelopen. Nog één zijstraatje door en ze waren in de polder. Ze duwden de eend de zijstraat in. Aan het einde zagen ze het open land al liggen. Iedereen was opgelucht.

Maar wat ze niet wisten, was dat Wijnen in die zijstraat woonde.

Hoofdstuk 16

Meester Wijnen schoof de gordijnen van zijn slaapkamer open en keek de straat in. Het was nog stil. In de keuken hoorde hij zijn vrouw rommelen. Hij rook de koffie. Hij rekte zich nog eens behaaglijk uit en trok zijn pantoffels aan. De afgelopen week op school was hem erg meegevallen. Hij had verwacht aan de groep van Brinkman een moeilijk stel te krijgen, maar na een wat stroef begin was het toch goed verlopen. Hij had gemerkt dat de kinderen al erg zelfstandig waren en op een heel aardige manier hun gedachten onder woorden konden brengen. En tot zijn verbazing vond hij de groep van Brinkman sympathiek. Hij had iets gevoeld van een soort band die er bestond tussen de kinderen en Brinkman. Iets dat hij zich moeilijk kon voorstellen. Wijnen was nu al bijna twintig jaar schoolmeester. Hij had zijn groepen altijd goed afgeleverd en de meeste oudleerlingen waren goed terechtgekomen. Hij was altijd vrij streng geweest. Misschien kwam dat ook doordat hij de eerste jaren op school vaak groepen had van meer dan veertig kinderen. Dan moest je wel streng zijn. In zo'n groep was er nou eenmaal weinig tijd om elk kind nog eens apart te helpen of om met kinderen te stoeien, zoals Brinkman deed.

De hele verandering in het onderwijs had hem veel moeite gekost, maar gelukkig werden de groepen kleiner. Dat maakte het in elk geval gemakkelijker.

Hij begreep ook wel dat tegenwoordig een andere aanpak nodig was, maar hij vond dat jongere leerkrachten, zoals

Brinkman, wel wat hard van stapel liepen. Je kon het onderwijs toch ook wat rustiger veranderen.

Wat hij had gemerkt in Brinkmans groep kon hij maar moeilijk onder woorden brengen. Jan Brinkman was meer een vriend van de kinderen dan een echte meester die boven hen stond.

Wijnen was altijd bang geweest dat wanneer je zo met een klas omging, je op den duur in de maling genomen zou worden. Maar het bleek dat de kinderen, wanneer het erop aankwam, altijd bereid waren om naar Brinkman te luisteren.

Zijn gedachten werden onderbroken door zijn vrouw die riep dat de koffie klaar was. Hij wilde zich net omdraaien, toen hij aan het einde van de straat een wonderlijk tafereel zag. Een auto draaide de straat in, voortgeduwd door een groep kinderen. Wijnen glimlachte: zeker iemand met motorpech die geholpen werd. Hij bleef nog even geamuseerd staan kijken.

Toen de optocht dichterbij kwam, veranderde de glimlach op zijn gezicht plotseling in stomme verbazing. Dat was... dat was de groep van Brinkman, en die auto... dat was die ouwe eend van Brinkman!

Wijnen bleef gespannen staan kijken. Dit was ongelofelijk! Nu zag hij duidelijk het donkere gezicht van Armando achter het stuur van de eend.

Waar was Brinkman?

Hoe hij ook keek: hij zag alleen maar kinderen. Wat was dit, wat wilden ze? Waren ze op weg naar hem?

Ineens herinnerde hij zich de race voor oude auto's. Daar was alles mee begonnen. Wanneer was die race ook al weer? In de krant van gisteren stond er nog een stukje over, bedacht hij zich. Hij rende naar de huiskamer en begon tussen een stapel kranten te zoeken. Toen hij de krant van vrijdag opsloeg, zag hij bij het plaatselijke nieuws een stukje staan:

'Zoals reeds is aangekondigd, zal morgen de vereniging voor oude automobielen een race organiseren ter gelegenheid van haar vijfentwintigjarig bestaan. De race wordt gehouden op een traject in het IJsselse Bos. Voor de winnaars zijn er leuke geldprijzen, van tweehonderdenvijftig tot honderd gulden. Tevens zijn er enkele cadeaubonnen beschikbaar voor de drie leukst versierde auto's. De feestelijkheden beginnen om half tien. Dit mag u niet missen!'

Wijnen vouwde haastig de krant dicht en liep weer naar het raam. Hij kon nog net zien dat de kinderen bijna de straat uit waren in de richting van de polderweg. Dat was de buitenweg naar het IJsselse Bos.
Zouden ze... Wat moest hij doen? Hij wilde er in elk geval meer van weten. Snel ging hij terug naar de slaapkamer en schoot zijn kleren aan.
Toen even later mevrouw Wijnen de gang inkwam met twee koppen koffie, stoof haar man haar voorbij.
'Waar ga je heen?'
'Ik ben zo terug,' antwoordde haar man, en weg was hij.

Onder het luid zingen van 'We zijn er bijna, maar nog niet helemaal' duwden de kinderen de ouwe eend over de polderweg. In de verte lag het IJsselse Bos. Armando zat enthousiast in de maat mee te toeteren.
Achter hen naderde iemand op een fiets, maar geen van de kinderen lette erop. Ze waren door het dolle heen. Wie kon hen nu nog tegenhouden? Ze hadden bijna hun doel bereikt.

Dirk keek even op zijn horloge. 'Tien voor half negen,' riep hij. 'We moeten opschieten, want er moet ook nog geschilderd worden.'

Opnieuw zette de groep in met 'We zijn er bijna'. Plotseling hoorden ze achter zich een bekende stem die boos riep: 'Stop, zeg ik. Ogenblikkelijk.'

De kinderen stonden als aan de grond genageld. Ze lieten de auto los en keken Wijnen aan alsof hij een spook was. 'Wijnen!' riep Els met hoge stem. 'Dat kan niet!'

Al hadden ze de eend losgelaten, de auto had zoveel vaart dat hij nog een stuk doorreed. Armando was dan ook de enige die nog niets in de gaten had en vrolijk bleef zingen en toeteren.

Het was een wonderlijk gezicht: een groep kinderen die zwijgend midden in de polder bij de directeur van hun school stond, terwijl een eindje verderop een jongetje luid zingend en toeterend in een eend zat. Toen Armando merkte dat er niet meer geduwd werd, stak hij zijn hoofd uit het

raam en riep: 'Zeg, hoe zit dat, waarom duw... oei, Wijnen. Op zijn pantoffels!' Hij was de eerste die het zag.

Mieke begon te lachen. Eigenlijk meer van de zenuwen dan om de opmerking van Armando.

Wijnen stapte van zijn fiets. Het kostte hem moeite om niet te lachen om het verbaasde gezicht van Armando. 'Waar gaat dat heen?' vroeg hij nu minder streng.

De kinderen keken elkaar angstig aan. Niemand zei iets. Anneke duwde Dirk in zijn rug, maar die bleef stokstijf staan. Pas toen hij zag dat Bart aanstalten maakte om naar Wijnen te gaan, liep hij op de directeur toe.

'We gaan naar het bos, meester.'

'Zo, zo, het bos. En hoe komen jullie aan die wagen van meester Brinkman?'

Dirk begreep dat alles verloren was: eromheen draaien had geen zin meer. 'Die auto hebben we weggehaald bij Brinkman voor de deur.'

Wijnen keek hem verbaasd aan: 'Weet jullie meester hiervan?'

'Nee,' antwoordden de kinderen in koor.

'Wat moeten jullie dan in 's hemelsnaam met die wagen?'

'We gaan naar de race,' legde Dirk uit. 'We verven zo dadelijk met zijn allen de eend op. Dan wint onze meester misschien toch nog een prijs voor de leukst versierde auto.'

De directeur begon er steeds minder van te begrijpen. Ongeduldig hief hij zijn armen in de lucht en vroeg: 'Maar waarom?'

'Nou gewoon, voor onze meester.'

Wijnen keek langzaam de groep rond. Hij zag hoe gespannen de kinderen hem aankeken. Wat moest hij doen? Was dit dan zó belangrijk voor deze kinderen? Vonden ze het dan zo nodig om iets voor Jan Brinkman te doen?

Hoe moest hij dit aanpakken? Hen terugsturen? Boos worden? Met hen meegaan? Hij wist het niet.

Wanneer hij op school was, dan wist hij altijd precies hoe hij met kinderen om moest gaan. Maar hier, midden in de polder, wat moest hij doen met een klas die met de ouwe eend van hun meester aan de haal ging? Met een klas die iets wilde doen voor een meester?

Wijnen schudde zijn hoofd en maakte een moedeloos gebaar: 'Wat moet ik nou met jullie?'

De kinderen bleven hem in gespannen afwachting aanstaren en niemand gaf antwoord.

Toen stapte Wijnen weer op zijn fiets, en zuchtte: 'Nou, gaan jullie maar verder. Ik zal wel zien.'

Zonder om te kijken reed hij naar huis.

Achter hem steeg luid gejuich op. Iemand riep: 'Leve meester Wijnen,' en de rest antwoordde met een luid 'hoera'.

Toen hij bijna de polder weer uit was, keek hij even om: hij zag hoe de kinderen al vol goede moed verder trokken naar het IJsselse Bos.

Thuisgekomen besloot hij direct naar Jan Brinkman toe te gaan.

'Drink nou eerst eens rustig een kop koffie en eet wat,' zei zijn vrouw. 'De kinderen houd je nu toch niet meer tegen. En waarom zou je ook? Ga in je auto naar Brinkman en breng hem naar het IJsselse Bos. Dan kan hij in elk geval zien wat er met zijn eend gebeurt. Zo erg zal hij het niet vinden.'

Wijnen besloot maar te doen wat zijn vrouw zei. Maar rustig ontbijten kon hij niet. Toen hij een boterham op had, stopte zijn vrouw er nog een in zijn hand en zei: 'Ga nou maar, je hebt toch geen rust. Maar doe wel je schoenen aan in plaats van je pantoffels.'

Jan Brinkman sliep nog. Wijnen moest een paar keer bellen voor hij boven voor het raam wat beweging zag. Eerst verscheen het slaperige hoofd van Maaike voor het raam. Toen ze Wijnen zag, rende ze naar het bed, schudde Jan wakker en riep verbaasd: 'Wijnen staat op de stoep met brood in zijn hand!'

'Hè, wat?' vroeg Jan slaperig.

'Kom nou.' Maaike sjorde hem uit bed en hees hem in zijn ochtendjas.

Jan Brinkman begreep er niets van. 'Wat moet Wijnen nou bij ons op de stoep met een brood in zijn hand? Sinds wanneer brengt hij brood rond?'

Maaike duwde hem de deur uit: 'Ga nou opendoen!'

Jan stommelde de trap af en opende de deur.

'Dag Jan,' groette Wijnen hem. 'Ik heb vaak moeite met de manier waarop je met je groep omgaat, maar geloof me, de kinderen mogen je erg graag.'

Jan Brinkman keek hem met een paar slaperige ogen niet-begrijpend aan. 'Wat bedoel je... ik... ik begrijp je niet.'

Wijnen wees de straat in: 'Je auto is weg.'

Jan stak zijn hoofd buiten de deur en was meteen klaarwakker.

'Ik weet waar hij is,' ging Wijnen verder. Hij keek op zijn horloge. 'Ik denk dat je klas er nu wel zo ongeveer mee in het IJsselse Bos is aangekomen. Ze gaan hem schilderen.'

'Maar... hoe hebben ze dan...?' stamelde Brinkman.

'Gewoon, vanochtend vroeg bij je voor de deur weggehaald, met zijn allen. Ze willen je toch nog een prijs laten winnen. Voor de mooist versierde auto.'

Achter Brinkman klonk luid geschater in de smalle gang. Het was Maaike die alles gehoord had.

Nu begon het nieuws pas goed tot meester Jan Brinkman

door te dringen. Zijn groep had hem toch niet in de steek gelaten.

De afgelopen tien dagen had hij niets van de kinderen gehoord. Soms had hij het gevoel dat ook de klas vond dat hij schuldig was aan het ongeluk van Rob. Maar dan zei hij bij zichzelf, dat de kinderen erbuiten stonden. Die konden nu eenmaal geen partij kiezen. Maar nu... nu lieten ze duidelijk merken hoe ze erover dachten.

'Kom,' zei Wijnen, 'kleden jullie je snel aan. Dan breng ik jullie naar het IJsselse Bos.'

Maaike en Jan keken elkaar ongelovig aan: was dat Wijnen die daar stond? Toen renden ze de trap weer op. Bovenaan bleef Brinkman staan en draaide zich om: 'Maar Robs vader dan? Die zal dit allemaal niet zo prettig vinden. Moeten we de kinderen niet tegenhouden?'

Wijnen keek even bedenkelijk. 'Tegenhouden lukt niet meer. Maar jíj doet toch niets. De klás doet het. Schiet nou maar op!'

Toen Wijnen alvast naar de wagen liep, begreep hij zichzelf niet. Hij had alles nog kunnen tegenhouden, daar in de polder. Hij had het niet gedaan. Waarom niet? Wat was er met hem aan de hand? Waren de kinderen dit keer sterker geweest dan hij? Wat moest hij met zo'n leerkracht als Jan Brinkman?

De kinderen hadden ervoor gezorgd dat hij iets meer van Brinkman was gaan begrijpen. Hij dacht weer terug aan de heftige gesprekken die hij vaak met Brinkman had gehad. Hij zou nooit echt goed met hem kunnen opschieten, maar hij begreep nu wel dat Jan Brinkman in elk geval een goede leerkracht was. Daar had hij aan getwijfeld.

En Robs vader? Wat moest hij daar tegen zeggen? Hij herinnerde zich meneer Van der Velde, die vorige week nog woedend bij hem in zijn kamertje zat. Wat moest hij daar nu mee? Op de een of andere manier had hij de gebeurtenissen niet meer in de hand: het waren de kinderen die nu bepaalden wat er zou gebeuren.

Jan Brinkman gaf zelf de oplossing, toen hij samen met Maaike instapte. Hij vroeg Wijnen eerst naar Robs ouders te rijden: 'Ik zal het zelf wel aan ze uitleggen.'

Onderweg vertelde Wijnen uitvoerig wat hij die ochtend beleefd had. Af en toe keek Maaike veelbetekenend naar Jan, die zat te glunderen toen hij het verhaal hoorde.

Bij de familie Van der Velde stapte Jan uit en vroeg de anderen te wachten.

Robs vader snapte er helemaal niets van, toen hij Brinkman zo vroeg voor de deur zag staan. En Brinkman, die zo onverwachts weer tegenover Robs vader stond, kon eerst moeilijk uit zijn woorden komen. Hij stamelde iets van een excuus voor zijn houding de laatste keer in het ziekenhuis.

'Dat stel ik op prijs, Brinkman,' bromde Robs vader. 'Maar moet je mij daarmee per se op zaterdagochtend lastigvallen?'

'Nou, eigenlijk niet,' ging Brinkman aarzelend verder. 'Maar ziet u, de klas heeft mijn eend weggehaald.'

'Nou en?' vroeg Robs vader, die op het punt stond woedend te worden. 'Wat heb ik met die gammele eend van jou te maken?'

Brinkman frommelde nerveus aan zijn snor en dacht: wat sta ik weer onhandig te doen. Zo wordt het alleen maar erger. Hij legde nu uit wat er die morgen gebeurd was. Hij wees naar Wijnen, die zat te wachten in de auto. 'Ik vind het prettiger als u hiervan af weet, zodat u het niet achteraf hoort,' besloot hij zijn verhaal.

Robs vader keek hem nu strak aan. 'Brinkman, ik blijf je

een raar mannetje vinden en hoe je die kinderen zo gek kunt krijgen, weet ik niet, maar laat Rob in elk geval wat horen in het ziekenhuis als dat opgetuigde wrak van je wat wint. Dan is hij ook gerust. Hij zeurt iedere dag over die race. Goedemorgen!' Met een klap sloot Robs vader de deur.

Opgelucht liep Brinkman naar de auto.

'En?' vroeg Wijnen.

'Voor mekaar. Op naar het IJsselse Bos!'

In het IJsselse Bos heerste grote bedrijvigheid. De kinderen waren al druk in de weer met verfpotten en kwasten. Bijna de hele klas was nu compleet: wie vanmorgen vroeg niet weg kon van thuis, was nu naar het bos gekomen.

Op een grote open plek stonden ongeveer dertig auto's opgesteld met de kleurigste versieringen. Uit de luidsprekers schalde vrolijke muziek over het feestterrein.

De kinderen hadden voor hun auto een goed plaatsje uitgezocht en waren meteen aan de slag gegaan. Armando had het dak weer opengemaakt en gaf, staande op de voorbank, allerlei aanwijzingen.

'Daar vooraan op de neus, moet een grote mond worden geschilderd met slagtanden. Hier opzij een paar knalgele vleugels met oranje stippen. Niet te veel donkerblauw gebruiken! Vergeet de wieldoppen niet. Achterop moeten ook nog een paar mooie kleuren.'

'Ik schilder hier opzij een portret van Brinkman,' riep kleine Mickey, enthousiast met haar kwast zwaaiend.

'Pas op de spetters,' gilde Els.

Armando was intussen aan het ruziën met Bart of er nou wel of geen snor op de voorkant moest. Anneke koos partij voor Armando en begon een flinke snor te schilderen. Van

163

alle kanten kwamen mensen toestromen, die in een grote kring om de kinderen met hun ouwe eend gingen staan.

'Zo jongeman, lukt het?' vroeg een meneer in een keurig pak en met een groot papier in zijn handen. Het was de voorzitter van de vereniging voor oude automobielen.

'Ja hoor, meneer,' antwoordde Armando trots.

'Nou, ik vind het heel gezellig wat jullie doen,' ging de voorzitter verder. 'Zo met zijn allen.'

'Goed, hè?' zei Dirk, die net langs de voorzitter liep.

'Zo is dat,' lachte de voorzitter. 'Maar vertel eens, onder welke naam zijn jullie ingeschreven?'

'O, dat weet ik niet, hoor,' riep Armando onverschillig. 'We doen in elk geval mee voor de mooist versierde auto.'

'Ja maar,' protesteerde de voorzitter, 'jullie moeten wel op de lijst staan. Zo is dat!'

Dirk stond bedachtzaam in een pot verf te roeren. 'Wacht eens,' zei hij, 'ik denk onder de naam Brinkman.'

De voorzitter snuffelde in zijn lijst. 'Maar die zou toch niet meer meedoen? Die heeft afgezegd.'

'Maar nou doet hij weer wel mee,' antwoordde Armando triomfantelijk.

'Nou, gezellig hoor,' zei de voorzitter. 'Hoe meer er meedoen, hoe leuker het is, zeg ik altijd maar. Maar wie van jullie is dan Brinkman?'

'Dat is onze meester.'

'O, jullie meester. Wat enig. De leerlingen helpen de meester. Wat leuk en waar is jullie meester dan?'

Armando keek vragend naar Dirk.

'Die komt zo,' zei Dirk en hij begon ijverig wat verf op de eend te smeren, omdat hij bang was dat hij tomatig werd. De voorzitter knikte tevreden. 'Fijn, hoor! Leuk dat jullie alsnog meedoen. Jullie mogen wel opschieten, jongens en

164

meisjes, want het is bijna half tien. Dan gaat de jury eens kijken wie de prijs krijgt voor de mooiste auto.'

De mensen die om de kinderen heen stonden, begonnen er plezier in te krijgen en moedigden de groep aan. Sommigen gaven wat raadgevingen om de eend nog mooier te maken. De auto zag er geweldig uit. Het leek een of ander prehistorisch monster dat naar een feest moest.

Toen de voorzitter kwam zeggen dat het wel gezellig was, maar dat ze nu echt moesten stoppen, sprong Armando uit de auto. Hij liep als een veldheer keurend om de eend heen en knikte tevreden. De kinderen liepen zenuwachtig door elkaar heen. Hier en daar werd een potje verf omgetrapt.

De jury liep inmiddels de auto's langs en deelde punten uit. De meeste kinderen hadden overal verfvlekken zitten: op hun kleren, handen en gezicht.

'Bart, jongen,' krijste Mieke, 'wat heb je een machtige gele vlek op je neus.'

Verwoed probeerde Bart het met zijn mouw weg te vegen. Rolf drentelde met een wanhopig gezicht om de eend heen: zijn broek zat onder de verfvlekken. Gelukkig had iemand een fles peut meegenomen: daar kon je verfvlekken mee weghalen.

Terwijl de kinderen zichzelf en elkaar met zakdoeken, die ze in de peut doopten, stonden af te boenen, kwam de jury langs en bekeek aandachtig de ouwe eend. Maar het duurde nog even voor de uitslag kwam. Daardoor hadden ze eindelijk even de tijd om rustig de andere wagens te bekijken. Er waren pracht-exemplaren bij: vol bloemen, slingers of kunstig beschilderd.

Anneke stond bij een goud geschilderde Fiat. Terwijl ze op haar nagels beet, zei ze tegen Mickey: 'We winnen vast niks. Tegen zo'n mooie gouden auto kunnen wij niet op.'

'Puh,' antwoordde Mickey, 'goud is maar één kleur en wij hebben alle kleuren.'

Plotseling verspreidde zich op het feestterrein een bericht onder de kinderen: de meester komt! Ze waarschuwden elkaar en renden naar de ouwe eend.

Met een lachend gezicht kwam Jan Brinkman op zijn groep toegelopen. Veel tijd om iets te zeggen kreeg hij niet, want uit de luidsprekers schalde de stem van de voorzitter: 'Hier volgt de uitslag voor de leukst versierde auto's. Het was voor de jury bijzonder moeilijk om een keuze te maken, maar na rijp beraad...'

'Hè, man, zeur niet, schiet nou op,' kreunde Els.

'...heeft de jury toch een keuze kunnen maken. Er zijn drie prijzen. Het zijn cadeaubonnen van verschillende waarden. Wij dachten dat dat wel gezellig was. De derde prijs is voor de Volvo van de familie De Vries.'

Ergens op het terrein klonk een luid gejuich.

Toen het weer stil was ging de voorzitter verder. 'De tweede prijs gaat naar de gouden Fiat van de heer Van Ditmar. En de eerste prijs, tenslotte, gaat naar de ouwe eend van de heer Brinkman.'

Nu waren de kinderen niet meer te houden. Er werd een wilde vreugdedans uitgevoerd bij de eend. Terwijl Maaike en meester Wijnen op een afstand toekeken, stond Jan Brinkman te midden van een groep juichende en gillende kinderen en wist niet meer hoe hij het had. Van alle kanten werd er aan hem getrokken, hij werd op zijn schouders geslagen en meegesleurd in het gespring en gehos van de kinderen. Maaike kon het niet laten om even opzij naar Wijnen te kijken: die stond beduusd met zijn hoofd te schudden.

Bart was op de eend geklommen en riep: 'Nu moet Brinkman ook nog meedoen met de race.'

Bijna had Jan Brinkman zich laten overhalen om mee te doen, maar toen de voorzitter de cadeaubon van honderd gulden kwam overhandigen en vroeg of hij ook aan de race meedeed, schudde Jan Brinkman van 'nee'.

De kinderen waren eerst teleurgesteld. Net als de voorzitter trouwens: 'Dat is toch gezellig, meneer.'

De meester moest onwillekeurig even lachen om de voorzitter. 'Ik geloof dat het beter is dat ik niet meedoe. De kinderen begrijpen wel waarom!'

De klas mompelde instemmend.

'Maar,' zei de voorzitter, 'een ererondje over het feestterrein kan er toch zeker wel af?'

Protesteren had geen zin, want dat ererondje lieten de kinderen zich niet afnemen. Jan Brinkman werd zonder meer de auto ingeduwd en onder luide aanmoedigingen van de kinderen reed hij over het feestterrein.

Toen hij weer uitstapte, stelde hij voor de cadeaubon met zijn allen naar Rob in het ziekenhuis te brengen. 'Hij is vast wel erg benieuwd hoe het afgelopen is,' voegde hij eraan toe.

Mieke haalde een papiertje uit haar jas en gaf het aan Dirk. Die begon te lachen: 'O ja, we hebben nog wat voor u.'

'Nog meer?' vroeg de meester.

'Ja kijk,' vervolgde Dirk, 'we moesten die ouwe eend van u vanmorgen eventjes vlug parkeren, want er kwamen een paar agenten langs, nou ja en toen... kijkt u zelf maar.'

Hij gaf de bekeuring aan de meester.

Brinkman schudde zijn hoofd. 'Wat een stelletje boeven zijn jullie toch!' Hij keek de kring rond en toen hij al die vrolijke gezichten zag met hier en daar nog een flinke verfvlek, was het of er een zware last van zijn schouders viel.

En verder...

Er is de dagen na de race nog lang nagepraat over alle gebeurtenissen.

Natuurlijk door Jan Brinkman en zijn groep.

Maar ook met Wijnen heeft Jan Brinkman een lang gesprek gehad. Een gesprek waarin ze voor het eerst helemaal eerlijk tegen elkaar waren.

De directeur was erg onder de indruk van de manier waarop de kinderen het voor hun meester hadden opgenomen. Hij begreep nu dat zoiets alleen maar kon als je op een andere manier met de kinderen omging. Anders dan hij gewend was. Hij zag nu in dat wat meer vrijheid heus geen kwaad kon.

Ook Jan Brinkman was door alle gebeurtenissen veranderd. Hij vond dat hij eigenlijk toch wel een beetje te veel van Wijnen had verwacht. Wijnen werkte al veel langer in het onderwijs dan hij en was nu eenmaal gewend op een wat strengere manier met leerlingen om te gaan.

Het was Wijnen die voorstelde om nog eens te praten over het vertrek van Jan Brinkman aan het eind van het jaar. Meester Brinkman knikte, want alle twee wisten ze diep in hun hart, dat hij in ieder geval nog een jaar zou blijven om met zijn klas mee te gaan naar groep acht. De kinderen hadden hem ook niet in de steek gelaten.

Laat in de avond verlieten Wijnen en Brinkman de school. Ze zouden nooit elkaars beste vrienden worden, maar ze waren elkaar wel beter gaan begrijpen.

Door alle gebeurtenissen en vooral door de kinderen.

Over de auteur

Jacques Vriens is geboren in 1946.
Hij is getrouwd, heeft twee zoons
en woont in Limburg. Inmiddels
is hij ook een heel trotse opa.
Als kind wilde Jacques Vriens
toneelspeler worden, of schrijver of schoolmeester. Hij werd
onderwijzer en las zijn leerlingen veel voor en door die prachtige
verhalen kreeg hij zelf ook zin om een
kinderboek te schrijven.

In 1976 kwam zijn allereerste boek uit: *Die rotschool met die
fijne klas*. Jacques Vriens heeft nog veel meer boeken geschreven die zich afspelen op of rond school. En dat die graag
gelezen worden, blijkt wel uit het feit dat twee boeken be-
kroond werden door de Kinderjury: *En de groeten van groep acht*
en *Achtste-groepers huilen niet*. Twee andere schoolboeken, *Een
bende in de bovenbouw* en *Ha/Bah naar school* werden getipt door
de Kinderjury.

Jacques Vriens schreef ook boeken over een heel bijzondere
meester. *Meester Jaap* is een echte meester, maar af en toe een
beetje gek. En met de kinderen in zijn klas gebeurt altijd wel
iets; leuke en gekke, maar ook verdrietige dingen. Er zijn drie
boeken over Meester Jaap verschenen, waarvan er één be-
kroond is en de andere twee getipt zijn door de Kinderjury.
De drie boeken zijn gebundeld in *De dikke Meester Jaap*.

Maar de boeken van Jacques gaan ook over andere onderwerpen. Over een meisje dat niet kan kiezen bij wie ze wil gaan wonen als haar ouders gescheiden zijn, in *Vaders, moeders? Hardgekookte eieren!* En over kinderen die graag voor detective spelen bijvoorbeeld in *Een stelletje mooie vrienden* en *Bonje in het bonshotel*. Dat laatste boek werd ook getipt door de Kinderjury en het speelt zich af in een hotel. Over hotels weet Jacques van alles te vertellen, want hij heeft er als kind een tijd gewoond omdat zijn ouders een hotel hadden. In de serie *De bende van de Korenwolf* staat ook een hotel centraal. In hotel De Korenwolf wonen Eefie, haar broer Joost, punkbroer Pepijn en haar kleine zusje Nina. Soms is het leuk in een hotel, maar soms ook stom omdat je ouders weinig tijd voor je hebben. Dan moet je jezelf maar zien te vermaken. En daar is de bende érg goed in…

Weg uit de Peel, getipt door de Kinderjury, is een historisch boek voor wat oudere kinderen. Voor dezelfde leeftijd is ook *Ik doe niet meer mee* verschenen, een bundel vol spannende, ontroerende, realistische en humoristische verhalen.

Voor de kleintjes schreef Jacques Vriens voorleesverhalen over Mieke en haar broertje Wouter. Daarin komen allerlei belangrijke gebeurtenissen in het leven van kleuters aan bod: sinterklaas, Pasen, Kerstmis, dierendag, kinderboekenweek en nog veel meer.
En dat Jacques erg van dieren houdt, is ook aan zijn boeken te merken. *Willem en Dikke Teun* is een dik voorleesboek over Willem en zijn rode kater Dikke Teun. Willem is niet zo erg stoer, maar zijn kater helpt hem zijn angsten te overwinnen. Teun kan namelijk praten, maar alleen als er verder niemand anders in de buurt is. Ook in de prentenboeken *Jij bent een kip!* en *Ik wil als vriend* staan dieren centraal.

Voor wie nét begint te lezen, schreef Jacques Vriens *Poes is weg* en *Geen schoenen voor Bram*. En in *Lieve dikke juffrouw Jans* vertelt hij over een grappige kleuterjuf en haar groep. Juffrouw Jans is niet alleen dik, ze is ook heel lief. Ze kan goed kapotte beren maken, mooie liedjes zingen en verdrietige ouders én kleuters troosten. Maar ze is wel bang voor muizen!

Jacques is ook dol op sprookjes. Maar toen hij aan zijn eigen kinderen de bekende sprookjes wilde gaan voorlezen, merkte hij dat de taal veel te moeilijk was voor kinderen. Daarom vertelde hij de sprookjes in zijn eigen woorden. Daarna heeft hij veel sprookjes opgeschreven in *Grootmoeder, wat heb je grote oren...* en *0, mijn lieve Augustijn...* Nu kunnen ze gewoon voorgelezen worden, ook aan jonge kinderen.

Inmiddels staat Jacques Vriens niet meer voor de klas; hij is schrijver van beroep geworden. Maar hij komt nog steeds veel op scholen om kinderen over zijn boeken te vertellen. En hij speelt nog altijd graag toneel en poppenkast. Samen met Francine Oomen heeft hij *Allemaal poppenkast* geschreven. In dat boek staan heel veel leuke en spannende poppenkastverhalen met daarbij speelschema's, zodat iedereen die graag een poppenkastvoorstelling wil geven het verhaal makkelijk na kan spelen. Zelf maakte Jacques een echte theatervoorstelling van enkele sprookjes uit de bundel *Grootmoeder, wat heb je grote oren...* waarmee hij in het land optreedt. Zo is hij uiteindelijk toch geworden wat hij altijd al wilde zijn: schrijver én toneelspeler.